모든 것은 내 안에 있다

* 이 책의 소제목 위의 힌디음가 표기는 소제목과 상관없이 시의 내용 중 일부를 발췌하여 마니
아 여러분에게 카비르의 음성을 전달해 보고자 표기한 것임을 밝혀둡니다.

모든 것은 내 안에 있다

초판 1쇄 발행 2008년 5월 7일

지은이 ｜ 카비르
옮긴이 ｜ 박지명

발행인 ｜ 이의성

발행처 ｜ 지혜의나무
주소 ｜ 서울 종로구 관훈동 198-16 남도빌딩 3층
전화 ｜ 730-2211 팩스 ｜ 730-2210
2008 ⓒ 지혜의나무

ISBN 89-89182-65-8 03890

세상에서 가장 지혜로운 101편의 시와 산문

모든 것은
내 안에 있다

카비르 지음 | 박지명 옮김

지혜의나무

카비르는 누구인가?

카비르는 인도 근대의 위대한 시성이자 수행자이다. 카비르의 생몰 연도에 대해서는 많은 사람들이 서로 다르게 말하고 있지만 그 중에 가장 일반적으로 알려진 것이 1440년에 태어나 1518년에 몸을 떠났다는 것이며, 1398년에 태어나 1448년에 몸을 떠났다고도 한다.

그는 힌두교 브라만 집안에서 태어나 사생아로 버려졌으나 이슬람 집안에서 그 아이를 데려다가 키웠다고도 하고, 이슬람 집안에서 태어났으나 일찍이 힌두교 수행자이며 스승인 라마난다에게 맡겨져 그의 가르침을 받았다고도 하여, 그의 출생에 대한 정확한 역사는 알 수가 없다. 다만 그의 초월적인 시와 노래는 어떤 종교를 막론하고 지금까지도 모두에게 사랑받고 있다.

그의 스승인 라마난다는 북인도에서 비쉬누 신을 섬기는 바이쉬나이즘의 계승자이며 신에 대한 헌신적인 사상을 전파한 라마누자의 정신을 이어 받은 이였다. 라마누자는 12세기에 남인도의 헌신적인 박티 사상과 인도의 정통 사상이자 힌두 사상인 브라흐마니즘의 회복 운동을 일으킨 인도의 위대한 수행자, 삼카라와 함께 가장 많이 알려진 사람이다.

카비르의 삶은 어떠하였는가? 그의 삶에 대한 구체적인 기록은 남아 있는 것이 거의 없다. 다만 몇 가지의 내용들만이 신비적으로 전해 내려올 뿐이다. 카비르는 인도에서 가장 하층민의 삶을 살았으며 베 짜는 사람으로 살았다고 전해지는데, 그의 노래와 영성이 높아지면서 많은 사람들이 가르침을 받고자 그의 주위로 모여들었다고 한다. 그가 부른 초월적인 노래들은 아직도 많은 사람들의 마음을 사로잡고 있다. 사람들은 진정으로 종교나 종파 그리고 어떠한 수행과도 관계없이 그를 좋아하고 사랑하며 존경한다. 카비르라는 이름은 이슬람의 신 이름 중에 하나이며 '위대하다'라는 뜻을 가진다. 특히 시크교도들에게 그의 시와 가르침은 경전처럼 알려져 있다.

그의 시는 종교와 종파를 떠나서 사랑받을 뿐만 아니라 여러 계층의 사람들 모두에게 신비롭고 아름답게 전해지고 있다. 북인도의 산스크리트 학자들인 판디트들로부터 글을 모르는 사람들까지도 모두 카비르의 노래를 매우 사랑하며, 농민이나 방랑하는 수도자들, 전통적인 음악가들도 그의 노래를 부르면서 초월적인 영감을 얻는다.

그의 탄생이 신비롭게 전해졌듯이 그의 죽음 또한 신비롭게 알려져 있다. 그가 몸을 떠나자 그를 따르던 이슬람교도들은 이슬람식으로 매장을 하자고 하고, 힌두교도들은 힌두교식으로 화장을 하자고 하였다. 그러한 논쟁 사이에 카비르가 나타나 관을 열어보라 하고 사라졌는데 그 안에는 꽃 한 송이만 남아 있었다고 한다. 그러자 사람들은 그것을 반으로 나누어 한쪽은 이슬람교식으로 또 한쪽은 힌두교식으로 장례를 지냈다고 한다.

그것은 지금도 종교적으로 대립하고 있는 인도인들에게 그의 조화로운 삶을 통하여 가르침을 주고 있는 것이리라. 카비르의 삶과 그의 노래는 인도의 자연 풍토와 종교에서 나타난 아름다운 문화의 표현이다.

카비르의 시와 노래는 수많은 사람들의 삶 속에서 끊임없이 아름다운 영향력을 끼쳤으며, 그 초월의 음성은 그가 떠난 지 600년이 넘는 시간 속에도 많은 인도인들의 가슴 속에 고귀하게 살아 있는 것이다.

카비르의 시와 사상

　카비르의 노래와 시에는 인도 철학과 수행의 깊이가 짙게 내재되어 있으며, 인도 사상이 포괄적으로 담겨 있다. 그의 시는 초월적이고 근원적인 것을 다루고 있어 그 내용이 난해하고 파악하기 어려워 보일 수 있지만, 그럼에도 그만의 단순하고 쉬운 언어로 직관적인 경험을 아름답게 표현하고 있어 시대를 거듭하여 많은 사람들에게 공감을 얻는 것이다.

　카비르의 시는 고대로부터 내려오는 인도 경전인 베다와 우파니샤드, 마하바라타, 라마야나 등에서 전하는 방대한 내용들을 함축적인 언어와 음율로 표현하여 누구라도 따라 부르고 사색할 수 있게 하였다. 어렵고 이해하기 힘든 인도 철학이 그의 아름다운 시와 노래 안에서 단순하고 쉽게 버무려져 모든 계층을 아우르게 된 것이다.

　그의 시는 여러 제목으로 나뉘어져 알려져 있기도 하다. 그의 노래 전체가 담겨 있는 비자크, 라마 신을 생각하는 라마니, 말이라는 의미를 내포하는 사브다, 말과 말 사이를 연결하는 사키 등이 있다. 특히 사브다와 사키는 북인도에서 대중적으로 많은 사람들에게 알려져 있다.

　카비르는 다양한 종교가와 수행자들과 교류하였으며 그들에게 자연스럽게 가르침과 영향력을 주었다. 그는 많은 힌두교도들 특히 비쉬누 신을 믿는 사람들인 바이쉬나브, 시바 신을 믿는 사이바, 가네샤 신을 믿는 가나파트야, 여러 여신과 성모를 믿는 삭타 등과 다양한 요가 수행자 중에 지혜의 수행자인 그야나 요기, 명상 수행자인 라자 요기, 육체의 수행자인 하타 요기, 지혜의 수행자인 나트판티스에게 가르침을 전파하였으며, 불교 수행자들과 자이나교도와 이슬람교도들과도 교류하여 영향을 주었다. 또한 카비르의 시와 노래는 시크교의 경전에까지 영향을 주었다.

카비르의 시는 원래 아름다운 운율과 함께 가장 단순한 명상적인 언어로 표현되었다. 그렇기에 글을 배우지 못한 사람마저도 그의 깊은 뜻을 이해할 수 있었던 것이다. 카비르의 초월적인 언어는 바로 인도 사상의 극치인 베단타에서 나왔다. 그것은 진리는 둘이 아닌 하나라는 불이일원론을 말하는 것이다. "나는 절대"라는 사상이 그것이며, 많은 사상과 수행은 그것을 표현하려는 방편이다.

고대로부터 시와 노래는 근원으로부터 나온 것이 표현된 것인데, 그것이 아니라면 결국은 인간의 의식의 저변에서 불어오는 소리를 들려줄 수가 없기 때문이다. 카비르는 그의 시에서 이렇게 노래하고 있다.

"오! 그대 충실한 하인이여,
어디서 나를 찾는가?
나는 신전에도 사원에도 없으며
카바 신전에도 카일라쉬 사원에도 없다.

의식과 제례에도 없으며
요가 수행이나 출가에도 없다.
보라! 나는 바로 그대 곁에 있다.
그대가 진정한 구도자라면
그대는 나를 볼 것이다.
그대는 매 순간마다 나를 만날 것이다.
카비르는 말한다.
'오! 구도자여, 신은 모든 생명의
숨과 숨 사이에 있다.'"

　카비르의 시는 서구의 시인들 중에 신비주의 시인인 윌리엄 블레이크나, 또는 존 밀턴의 시처럼 전인적이고 직관적인 시와 비견될 만하다. 동양의 시로는 선시나 일본의 하이쿠, 그리고 이슬람 수행자들이 노래하는 수피의 시들에 비교될 만하다.

　카비르 시의 서정성은 인도의 명상적이고 아름다운 자연을 묘사하였으며, 그 안에는 깊은 종교와 철학이 내포되어 있다. 카비르는 인도의 모든 경전을 꿰뚫고 그것의 초월성을 노래하였으며, 인도의 수행자나 종교의 문제를 날카롭게 지적하였다. 아무리 신성하다고 하는 경전이나 성지도 자신의 직관적이고 초월적인 체험의 바탕이 없다면, 그것은 상대적이며 외부적이라고 말하는 것이다.

카비르와 타고르의 관계

카비르를 가장 존경하였고 그에게서 많은 영감을 받았던 타고르는 누구인가?

라빈드라나트 타고르는 시인이면서 예술가이며 사상가로서 우리나라에도 잘 알려져 있는 인물이다. 타고르의 집안은 인도에서 최고의 명문가 가문이다. 그 집안에서 인도의 많은 사상가와 예술가, 수행자들이 나왔으며, 그의 아버지 또한 위대한 사상가로서 그 자신도 어릴 적부터 가계의 훌륭한 전인 교육을 받고 자랐다. 타고르의 예술적 천재성은 이미 어릴 적부터 뛰어났다. 그는 많은 시와 소설과 희곡을 만들어냈는데 그의 문학과 예술은 인도 철학의 핵심인 베다와 우파니샤드에 기반을 두고 있는 것이다. 그는 문학과 철학, 예술 분야의 세계적인 대학 산티니케탄을 세웠으며, 인도의 국가가 타고르에 의해 만들어진 것이라고 칭송받을 정도로 인도인들에게는 간디와 함께 가장 존경받는 인물이다. 1913년에는 유명한 시 모음 '기탄잘리(신에게 바치는 노래)'로 노벨상을 받기도 하였는데 그 작품집은 카비르의 영향을 받아 탄생한 것이라고 한다.

실제로 카비르는 타고르가 정신적으로 가장 존경하였고 사랑하였던 인물이다. 카비르의 자유로운 영적인 의식은 모든 분야의 방대한 지식을 총괄한 것이며, 초월적인 체험을 바탕으로 한 그의 시는 타고르의 예술 세계에 많은 영향을 주었다. 타고르가 가장 동경하였던 인도의 위대한 사상이며, 직관적인 자유 의식인 우파니샤드의 가르침과 수행자들의 면모가 카비르에게서 발견되기 때문이다.

더 나아가 다양한 종교나 계급을 넘어선 카비르의 신비로운 삶과 그의 초월적인 삶은 타고르의 독보적인 시와 사상에 영향을 주었다. 카비르와 타고르의 만남은 타고르의 시 세계에 더욱 깊은 경험을 불어 넣은 것이다.

타고르는 역작인 기탄잘리의 첫 절에서 이렇게 노래하였다.

"님께서 이 몸을 무한하게 하셨습니다.
이것은 님의 기쁨이며
연약한 이 그릇을 비우고 비우시어
언제나 새로운 생명으로 채우셨습니다."
이 가냘픈 갈대 피리를
님은 산을 넘고 골짜기 넘어 가져 오시어
영원히 새로운 선율을 불어내셨습니다.
님의 불멸의 손길에 닿아
이 가냘픈 나의 자그마한 가슴은
기쁨에 넘쳐 형언할 수 없는 말을 표현합니다.
님의 무한한 선물은 나의
이 작은 두 손으로 받을 수밖에 없습니다.

세월이 가도 님은 여전히 끊임없이 부으시지만
아직도 채울 자리는 여전히 남아 있습니다."

카비르는 타고르의 시에 초월적인 세계에 대한 향기를 불어넣
었으며 계급과 종교와 신분을 넘어선 자유로운 사상을 주었다.

옮긴이의 말

카비르의 시를 처음 나에게 소개한 이는 나의 명상 세계에서 깊은 인연이 있었으며 카비르의 명상 법맥을 이은 인도의 나의 사형 스와미 시바난드 푸리였다. 그는 언제나 카비르의 힌디어 노래를 부르며 그 노래에 담긴 속 깊은 뜻을 나에게 전달하려고 하였다. 사형은 힌디어를 영어로 번역하면 카비르의 진정한 깊은 뜻을 모를 것이라고 자주 말하였는데, 그것은 아마 우리나라 불교의 선시나 일본의 하이쿠를 영어로 번역한다면 언어와 문화적인 차이 때문에 제 맛이 나지 않는 것과 같은 이치일 것이다.

카비르의 시는 인도의 가장 중요한 경전인 베다와 우파니샤드, 그리고 인도 철학과 사상을 모르더라도 심오한 울림을 이해할 수 있는 시이다. 인도에서 가장 특이한 수행자이며 시인이며 노래하는 사람이며 베 짜는 사람이었던 카비르는 수많은 계층의 인도인들의 가슴 속에 아름답게 남아 있다. 브라만 계급의 학자인 판디트나 출가 수행자인 스와미나 인력거꾼인 릭샤왈라나 농부나 상인이나 가수나 걸인들까지도 그들의 삶과 가슴 속에는 그의 노래가 숨겨져 있다.

카비르는 마치 인도의 다양성과 극단적인 종교와 사상의 중간자 역할을 하기 위한 화신으로 나타난 것 같다. 그의 노래는 인도의 대중적인 경전 바가바드 기타와 같이, 그 깊고 아름다운 여백은 아직도 많은 이들에게 해석의 여지를 남겨두고 있는 것이다.

　이 책은 힌디어로 된 카비르의 시를 타고르가 직접 영어로 옮긴 100편과 내 자신이 오랫동안 알고 있었던 카비르의 시를 합쳐 새롭게 구성하여 만든 것이다. 그리고 카비르의 시가 난해한 관계로 오랫동안 내가 생각하고 공부하였던 것을 통하여 그 시에 감히 해석을 달았다. 다만 참조하여 보시면 되겠다.

　인도의 문화와 정신은 오랜 역사를 지니고 있으며 그 전체가 예술이며 종교이기 때문에 카비르와 같은 수행자들이 나올 수 있었을 것이다. 카비르의 정신적, 영적인 영향은 인도 고대 경전들의 정형적인 틀을 깨고, 혁신적이며 발전적인 인도의 사상에 새로운 활력을 불어넣었다. 하지만 그의 초월적인 시의 배경은 인도 철학의 정수인 불이일원론의 아드바이타 베단타에 배경을 두고 노래한 것이다. 그의 노래는 형식적인 도그마나 틀은 부정하지만 근본적이며 살아있는 진지함을 부정하고 배제하지 않았다. 그는 그러한 도그마에 참신한 힘을 불어넣어 주고 그것에 묶여 있지 말라는 교훈을 준다.

　카비르의 시가 아름다운 이유는 초월적이면서도 서정성을 내포하고 있기 때문이다.

　"기쁨으로 전율케 하는 님의 피리는
　어떤 것일까?
　등잔 없는 불꽃은 타오르고

뿌리 없는 연꽃은 핀다.
달 새는 달에 몰입하고
비 새는 그의 온 가슴으로
소나기를 그리워한다.
사랑하는 이는
님의 모든 삶에 집중되어 있다."

　깊은 초월의 체험으로 얻어진 진정한 울림의 소리를 듣기 열망
하는 독자들에게 조금이나마 삶의 깊이가 더하기를 바라는 마음
으로 카비르와 타고르의 아름다운 만남으로 만들어진 시와 함께
카비르의 힌디어 시 몇 편을 옮겨 수록한 이 시집을 소개한다.
　마지막으로 카비르의 시를 언제나 나에게 들려주고, 그의 살아
있는 영감을 불러일으켜 주었던 스와미 시바난드 푸리와 이 카비
르 시집을 힌디어 원문에 맞추어 새롭게 편집하도록 도와준 이서
경 씨에게 감사드린다.

| 차례 |

내면의 소리에 귀 기울여라

영원한 아름다움을 바라보리

스승은 진실이며 모든 빛이다

님의 존재를 말할 수 있는 언어는 없다

카비르의 사랑 의 노래

이른 아침 나를 기억하라

mo ko kahan dhunro bande

신은 모든 생명의 숨과 숨 사이에 있다

오! 그대 충실한 종복이여,
어디서 나를 찾는가?
나는 신전에도 없으며
사원에도 없으며
카바 신전에도 없으며
카일라쉬 사원에도 없다.
의식과 제례에도 없으며
요가수행이나 출가에도 없다.

보라! 나는 바로
그대 곁에 있다.

그대가 진정한 구도자라면
그대는 나를 볼 것이다.
그대는 매 순간마다
나를 만날 것이다.

카비르는 말한다.

'오! 구도자여,

신은 모든 생명의

숨과 숨 사이에 있다.'

카비르는 신은 외부 세계의 어느 곳에도 존재하지 않는다고 극단적으로 노래한다. 그렇다면 외부 세계에는 정말로 신이 존재하지 않는 것인가? 신은 모든 곳에 존재하며 무소부재하며 내면과 외면, 안과 밖 모든 부분에 다 존재한다. 카비르는 너무나 많은 사람이 직관적이며 초월적인 세계가 자신과는 아주 멀리 있는 것이라고 여기기 때문에, 실상은 그것이 자신과 가장 가까이 있다는 사실을 놓치고 있다고 지적한다. 세상은 매 순간순간마다 모든 것이 살아있으며 그 자신의 의식 상태에 따라 직접적으로 받아들이는 것이 달라진다. 인도의 전통적인 명상인 라자 요가나 불교의 위빠사나 관법 및 그 외의 여러 명상에서는 순간순간을 자각하며 수행하라고 한다. 특히 호흡을 주시하고, 지금 이 시점의 모든 것을 자각하라는 것이다. 카비르는 얼마나 현실적인 말을 하고 있는가! 신은 사원이나 성스럽다고 하는 형상이나 상징에 있는 것이 아니며, 살아있는 자각의 순간에 있다고 하였다. 순간순간의 숨과 숨 사이에 형이상학적인 신은 존재한다고 하는 카비르의 말은 참으로 현실적이며 위대하다.

그대가 살아있는 동안 신을 믿어라

나의 벗이여!
그대가 살아 있는 동안
신을 믿어라.
살아 있는 동안 신을 알고
깨어나라. 그리하여
그 삶이 신께
구원받기를 희구하라.

살아 있는 동안 삶의 속박에서
벗어날 수 없다면
죽음 앞에 선 그대에게
어찌 희망의 구원이
보이겠는가!
영혼이 육체에서 벗어나
신과 하나 된다는 것은
헛된 꿈일 뿐.

그대가 지금 신을 원한다면
그는 그대 앞에

모습을 드러내리라. 그러나
살아서 신을 만나지 못하면
그대는 죽음의 도시로 가
살게 되리라.

신과 하나 된다면 그대는
진리 속에 잠기고 진정한 스승을 만나
참된 믿음 안에서 확신을 가지리라!

카비르는 말한다.
'내 모든 노력은
영혼 탐구를 위함이니
나는 영혼 탐구의 노예이기를.
언제까지나
그것을 찾기까지는.'

카비르는 살아 있는 동안 신 또는 절대적인 진리를 체득하라고 말한다. 신은 멀리 있
는 것이 아니다. 신은 하늘나라에 있는 것이 아니라 바로 지금 이 시점에 한계 없이
드러나고 있는 것이다. 모든 성인들은 이에 대해 단순한 그들의 지혜를 말하였다. 공

자는 논어에서 "삶도 아직 다 모르는데 어찌 죽음을 말하겠는가?"라고 하였다. 이 살아있는 존재에 대하여 붓다는 그의 마지막 가르침에서 "진리에 의지해서 끊임없이 정진하라."라고 표현하였다.

pratham ek jo apai ap

신과 스승은 하나다

태초부터 그것은
홀로 그 자체로
형태도 없고 빛깔도 없는
무조건적인 존재로
창조되었다.

시작도 중간도 끝도 없었다.
그곳에는 바라보는 눈도
어둠도 빛도 없었다.
어떤 대지도 공기도 하늘도
없었으며
불도 물도 땅도 강도 없었다.
갠지스 강이나 줌나 강,
바다 같은 것도 없었으며
거기에는 푸라나나 코란 같은
경전도 없었다.

카비르는 사려 깊게 말한다.
'거기에는 어떤 행위도 없었다.

최상의 존재는 그 자신의
알 수 없는 깊이에
스며들어 존재한다.'

스승은 마시지도 먹지도 않으며
살지도 죽지도 않는다.
그는 형체도 선도 색깔도
의복도 없다.
그에게는 카스트 계급이나
종족 같은 것이 없다.
어찌 내가 그의 영광을
표현할 수 있을까?

그는 형태가 없지만 무형도 아니다.
그는 이름이 없다.
그는 색깔이 없지만 무색도 아니다.

그가 정착해야 할 곳은
어떤 곳도 아니기에.

카비르는 신과 스승을 하나로 본다. 그는 절대이지만 자유롭게 상대를 살며 상대 세계를 넘어서 있다. 한때 나는 인도의 히말라야에서 깊이 몰입된 수행자를 본 적이 있는데 그는 먹고, 자고, 말하고, 활동하였지만 그것을 넘어서 있었다. 그는 모든 것으로부터 넘어서서 신에게 몰입한 상태에서 생활하고 있었다. 그는 나에게 산을 가리키며 "그것이 무엇입니까?" 하고 물었다. 산은 영어로 '마운틴(Mountain)'이고 한자로는 '山'으로 표현하지만 엄밀하게 그것은 산이나 마운틴이 아니다. 다만 외부로 표현된 서로의 약속일 뿐이다. 언어는 진리를 표현하는 상징이다. 지혜는 언어를 넘어서 있으며 그것을 파악할 때 진리를 파악하는 것이다. 요가 수트라에서는 "진리는 지혜를 통해서 꿰뚫어진다."고 하였다.

인도는 위대한 사상가들이나 수행자들이 많이 나왔음에도 불구하고, 계급제인 카스트 제도 또는 색깔이라는 뜻인 바루나 또는 태생이라는 자티를 통하여 자신의 틀을 공고히 하고 다른 사람들을 무시하는 풍조가 사라지지 않고 있다. 원래 그러한 제도는 자신의 의무를 다하고 그 능력을 최대한으로 발휘하게 하려고 만든 것인데 결국 그것이 자신들의 족쇄가 되어버린 것이다. 그것은 결국 인간 스스로 파놓은 함정일 뿐 결코 신의 섭리가 아니다. 카비르는 인간들이 작은 틀이라도 이용하여 자신들의 영달과 안녕에 집착하는 것을 지적하면서 신은 그러한 모든 한계를 넘어서 있다는 것을 말하고 있다.

naihar se jiyara phat re

이른 아침 나를 기억하라

내 가슴은 사랑하는 이의
집을 향해 울부짖는다.

남편의 도시를 잃은 여인에게
광활한 길과
오두막 한 칸이 전부이다.

내 가슴은 어떤 기쁨도
발견하지 못하며
마음과 몸은
중심을 잡지 못한다.
님의 궁전에는
수백만 개의 문이 있지만
거대한 바다로 가로막혀 있다.

아, 벗이여!
어떻게 그 바다를
건널 수 있으리.
끝도 없이 뻗쳐 있는

그 길을.

이 얼마나 놀랍도록 만들어진
현악기인가!
정확하게 줄을 퉁기면
그것은 가슴을 성나게 한다.
그러나 걸쇠가 부서지고
현도 느슨해지면
그것은 더 이상 울림을
주지 않는다.

나는 웃으며 부모님께 말씀드렸다.
아침이면 내 님을 찾아가겠노라고.

그들은 내가 가는 것을 원치 않아
화를 내며 말씀하신다.
'여인은 자신의 남편이
원하는 것을 모두
주는 힘이 있다고 여긴다.

그렇기에 남편에게 가려고
애를 태우는 것이다.'

사랑하는 벗이여, 이제
나의 베일을 가볍게 들어 올린다.
이것은 사랑의 밤을 위한 것이다.

카비르는 말한다.
'내 말을 들어라!
내 가슴은 사랑하는 이를
만나기를 열망한다.
나는 침대에 누워서도
잠들지 않는다.
이른 아침 나를 기억하라.'

카비르는 자신의 시에서 다양한 비유를 통하여 진리에 대한 간절함을 노래하고 있다.
님에게 간절함을 구하는 구도의 마음은 죽은 남편과 함께 하려는 아내의 마음보다,
전쟁터에서 싸우는 긴박한 장수의 마음보다 더 간절하다고 하였다. 삶의 간절함과 집
중력은 삶에 열기를 불어넣어 살아 있게 한다. 카비르는 초월의 세계로 가려는 구도

자의 마음은 한계가 없다고 말한다. 불교의 경전에 나오는 것을 선사들의 수행 문제로 참구하였던 안수정등이라는 우화가 있다. 어떤 이가 코끼리로부터 도망을 치다가 절벽 아래로 굴렀다. 다행히 절벽을 비집고 나온 나뭇가지에 걸렸지만 그대로 꼼짝 못하는 처지가 되었다. 그런데 어디서 쥐 한 마리가 나타나 그 나뭇가지를 갉아대기 시작하는 것이 아닌가! 게다가 절벽 밑을 내려다 보니 거기에는 독룡이 혀를 널름거리고 있었다. 그리고 바로 그의 머리 위에는 꿀 집이 하나 있었는데 거기에서 꿀이 똑똑 떨어지고 있는 것이었다. 그는 그런 긴박한 와중에도 떨어지는 꿀을 받아 먹으며 달콤함을 맛보았다고 한다. 이 우화는 우리의 한계된 삶에서도 망상의 달콤한 세계에 빠져 자신의 본질을 자각하지 못하는 것을 비유할 수 있겠다.

모든 것은 내 안에 있다

sadho brahm alakh lakhaya

내면의 통찰력을 가져라

창조자는 창조물에
분명한 형상을 부여했지만
그가 모습을 드러낼 때 그는
결코 보이지 않는다.

씨앗은 식물 안에 있고
잎은 나무 안에 있듯이
허공은 하늘 안에 있고
무한의 형체는
텅 빔 속에 있다.

유한을 넘어서 무한함이 오고
무한함에서 유한함이 나온다.

창조물은 창조자 안에 있고
창조자는 창조물 안에 있다.

그들은 언제나 구분되지만
언제나 하나다.

님은 나무며 씨며
발아되지 않는 싹이다.
님은 꽃이며 열매며 잎이다.
님은 태양이며 빛이며 광선이다.
님은 창조자이며 창조물이며
또한 환영이다.

님은 수많은 형상이며
무한한 공간이다.
님은 호흡이며 언어이며
의미이다.

님은 유한하고 무한하며
유한과 무한을 넘어선
순수한 존재이다.
님은 창조자와 창조물 안에
내재하는 영혼이다.

가장 고귀한 영혼은

그 영혼 안에서만 보이며
최고의 경지는
가장 고귀한 영혼 안에서만
보이나니.

그 경지 안에서
다시 반영이 보인다.

카비르는 축복 받은 존재다.
이러한 영혼의 최고의
통찰력을 지녔으니!

카비르의 이 노래는 마치 인도의 중요한 경전인 이사 우파니샤드의 가르침을 말하는
것과 같다. 우파니샤드의 핵심 가르침은 "푸르남 이담 푸르남 마담"이며, 그 뜻은 '절
대 존재도 완전하며 상대 존재도 완전하다'는 것이다. 그것은 표현만 다를 뿐 반야심
경에서 말하는 색즉시공 공즉시색, 곧 현상 세계가 진공인 상태이며 진공이 바로 현
상 세계라는 의미와 같다. 아름답게 피어난 꽃은 그 잎사귀와 줄기와 뿌리 같은 것으
로만 이루어져 있는 것으로 보이지만, 그 모든 부분들은 그것을 이루고 있는 보이지
않는 수액에 속해 있다. 모든 것은 표현된 것과 표현되지 않은 둘 다의 모습이다. 이
시의 마지막에 카비르는 자신은 축복 받은 존재라고 하며 영혼의 통찰력을 표현하였

다. 우리는 내면의 통찰력을 지녀야 한다. 그것에 대하여 '어떻게' 라는 질문을 할 수 있는데, 통찰력 자체가 수행 과정이며 명상이다. 명상을 실천할 때 카비르나 다른 수행자들도 외부적이거나 형식적이 아닌 자신의 내면으로 자연스럽게 몰입되어 가는 수단을 강조하였다. 내면으로 몰입하는 여러 방법들 중에서 우리는 자신과 가장 잘 맞는 수단을 통하여 깊이 전진하고 고귀한 영혼을 체득하여야 한다.

hamsa kaho puratan bat

자신의 존재를 파악하라

오 백조여, 내게 말해다오!
내 오랜 옛 얘기를.

어디서 왔는가? 백조여,
어느 해변으로 날아 가려는가?

오 백조여!
어디에 둥지를 틀려 하며
무엇을 찾고 있는가?

오 백조여!
깨어나서 오늘 아침
나를 따르라.
그곳은 의심도 슬픔도 없고
죽음의 공포도
존재하지 않는다.

거기엔
봄 숲의 꽃이 만발하고

그 향기는 바람에 실려
님과 내가 있는 곳으로
불어온다.

꿀벌은
꽃 속 깊숙이 있는
꿀에 잠겨 있을 뿐
그 이상의
기쁨의 욕망은 없다.

카비르는 "깨어나라, 자신의 본질을 파악하라, 그대의 근원에 존재하는 님을 진지하
게 발견하라."고 하였다. 이 시에서 카비르는 초월의 세계의 특성에 대해 말한다. "의
심도 슬픔도 없고 죽음의 공포도 없으며 꿀벌이 꿀 속에 잠겨 있듯이 그 이상의 욕망
이 없는 상태"를 말하는 것이다.

is ghat antar bag bagice
모든 것은 내 안에 있다

이 질그릇 안에
작은 숲과 쉴 그늘이 있으며
그 안에 창조자가 있다.
이 질그릇 안에
일곱 개의 대양과
헤아릴 수 없는 별들이 있다.

시금석과 보석을 감정하는 이가
이 안에 있으며
이 안에서 영원의 소리가
울려 나오고
맑은 샘물이 솟아오른다.

카비르는 말한다.
'나의 벗이여, 내 말을 들어라.
내 사랑하는 님은
이 안에 있다.'

카비르는 표현하고자 하는 모든 것은 내 안에 있다고 한다. 질그릇이란 바로 몸을 말하며 몸이 존재할 때 신은 그 안에 존재한다는 것이다. 신까지도 그 신은 나의 가장 가까운 님이며, 나를 가장 잘 이해하는 이이며, 나와 분리될 수 없는 나 자신이라는 것이다. 이 조그마한 몸 안에 일곱 개의 대양과 한계 없는 창공이 있으며, 수많은 보석이 있으며, 무한하고 영원한 시공간을 넘어서 그것, 즉 절대 존재의 신이 님이라는 이름으로 존재한다는 것이다.

요가 경전과 요가 수행자들은 몸 안에 일곱 개의 에너지 중심센터인 차크라와 에너지의 흐름인 쿤달리니와 72,000개의 에너지 선인 나디가 존재한다고 말한다.

janh khelat vasant rituraj

그것은 그대이다

계절의 통치자여,
봄은 어디에 숨어 있는가?
울리지 않는 음악 소리는
어디에서 오는 것일까?
빛의 광선은 사방으로
일시에 퍼지는 걸까?

아! 그럴지라도 구도자는
그곳에 다다른다.
거기에 수백만의 크리쉬나는
손을 맞잡는다.
거기에 수백만의 비쉬누는
절을 한다.
거기에 수백만의 브라흐마는
베다 성전을 읽는다.
거기에 수백만의 시바는
명상에 잠긴다.

거기에 수백만의 인드라는

하늘에 거주한다.
거기에 반신과 승려들은
헤아릴 수 없이 많다.
거기에 수백만의 사라스와티와
신성의 음악은 비나를 연주한다.

그곳에는 님의 성스러움이
스스로 표현되는 곳이며
향내와 꽃 향기가 그들 안에
깊숙이 머무는 곳이다.

인도의 다양한 힌두의 신들을 무조건 이해하려 한다면 매우 혼란스러움에 빠질 수 있
다. 그러나 그 모든 신과 신성한 것의 바탕에는 분명한 철학이 있다. 여기서 그들이
말하는 '그것' 이란 절대일 수도 상대일 수도 있으며, 그 둘 다를 표현한 것이기도 하
며, 무한에 대한 표현이기도 하다. 이것은 "그것이 그대이다"라는 뜻의 산스크리트어
'타트 트밤 아시' 이며 베단타 철학의 한 단계를 표현한 것이다. 베단타 철학은 네 단
계가 있는데 첫째는 '순수 의식은 절대이다' 이며, 둘째는 '나는 절대이다' 이며, 셋째
는 '그것은 그대이다' 이며, 넷째는 '이 모든 상대는 절대이다' 이다.

지혜의 눈으로 본질을 꿰뚫어라

강과 물결은 똑같은 물이다.
강과 물결 사이에
다른 것이 무엇인가?
물결이 일어나도
그것은 물이며
물방울이 떨어져도
그것은 같은 물이다.

말해보라,
다른 것이 있다면!
이제 물결이란 이름은
더 이상 물결이란 말로
표현되지 않는다.

창조자께서는
세상은 한 줄에 꿰어진
염주 알들과 같다고
말씀하셨다.

너희는 그 염주 알을 꿰뚫어

지혜의 눈으로 주시하라.

카비르는 표현된 것과 표현되지 않은 것의 동질성을 표현하였다. 물은 수소와 산소의
결합이다. 그러므로 얼음이 되거나 수증기가 되거나 원소인 수소와 산소는 그대로 존
재하는 것이다. 카비르는 근본 원소는 변하지 않는다는 것을 알고 본질을 파악하라고
말한다. 상대적인 모든 활동 안에 본질적인 의식인 자신의 참 나가 언제나 존재한다
는 것이다.

janh cet ac et khambh dou

모든 움직임은 님 바로 그 자신의 형체 이시라

내 마음은
의식과 무의식의
양극 사이를 오가노라.
모든 존재와 온 세계 사이의
오고 감은
결코 다함이 없으리.
수많은 존재들이
거기에 있고
달과 해의 가는 길도
거기에 있도다.

억겁의 시간이 지나도
그 회전은 계속되나니.

하늘과 땅과 공기와 물의
모든 움직임은
님 바로 그 자신의
형체이시라.

이러한 통찰이 바로
카비르가 님에게
복종하는 것이리라.

모든 의식의 수준과 모든 상대 세계의 나타냄은 신성의 표현이다. 인격 신과 비 인격 신, 유와 무의 모든 표현과 표현되지 않음은 님의 표현이다. 노자의 도덕경에서도 도의 경지에 대해서 말로 표현된 도뿐만 아니라 표현되지 않은 도까지도 포함하고 있다. 그것에 대해서는 물리학에서도 말하고 있다. 시간과 공간을 넘어선 모든 물질의 근원은 바로 진공이며, 또한 상대 세계의 모든 미립자와 물질계를 표현한다고 한다.

grah candra tapan jot barat hai

내 몸 안에 우주의 움직임이 있다

해와 달과
뭇 별들은 빛나고
사랑의 멜로디는
한없이 높아지고
사랑의 리듬은 시간으로
측정할 수 없어라.

밤낮으로 합창하는 소리는
천상에 가득하다!

카비르는 말한다.
'내 사랑하는 님의 움직임은
하늘의 섬광처럼 빛난다.'

그대는 아는가?
그들이 어떻게
순간적인 숭배를 이행하는지.
등불의 대열들이 춤을 추고
온 우주는 밤낮으로

기원의 노래를 부른다.

거기에는 감추어진 깃발과
비밀스런 하늘의 덮개가 있다.
또 거기엔 보이지 않는
종소리가 울린다.

카비르는 말한다.
'거기에 숭배는 끊이지 않고
우주의 주인은
의자에 앉아 계시다.'

모든 것은 실수를 하면서
움직인다. 그러나
사랑하는 자는
그 사랑스러움을 안다.

헌신적인 구도자는 마치
줌나 강과 갠지스 강이 섞이듯

사랑과 분리의 두 가지 흐름이
그의 가슴에
성스러운 흐름으로 밤낮 흘러
거기에 탄생과 죽음은
이미 없다.

님의 품 안에서
평온한 휴식을 취한다.
그는 이를 즐기며
님을 만나기 원한다.

사랑의 묶임으로
기쁨의 바다는
파도가 되어 뛰놀고
강한 음으로 부서지며
화답한다. 보라,
물 없이도 피는 연꽃을!

카비르는 말한다.

'내 가슴의 꿀벌은
그 속의 감로를 마신다.'

얼마나 아름다운 연꽃인가!
우주를 회전시키는
가슴의 중심에 핀 꽃이여.
오직 순수한 영혼만이
이 진정한 기쁨을 알리라.
음악은 사방에 울리고
무한한 기쁨의 바다에서
파도가 물결친다.

카비르는 말한다.
'달콤한 바다로 뛰어들어
깊이 잠겨라.
삶의 오류와 죽음을
모두 떨쳐버리라.'

오감이 그대를 얼마나

끈덕지게 붙잡고 있는가 보라!
괴로움의 세 형태는
더 이상 없다.

카비르는 말한다.
 '닿을 수 없는 그곳의 움직임.
그 내면을 보라.
감추어진 하나가
너의 내면에서
달빛처럼 빛나는 것을.'

삶과 죽음의
율동적인 음이 쏟아진다.
터질 듯한 기쁨!
모든 공간은
빛으로 충만하다.

울리지 않는 음이 울린다.
그것은 삼계의 사랑의 음이니.

태양과 달은
백만 개의 램프 빛으로
타오르고
북은 울리고
사랑하는 이는 춤을 춘다.

사랑의 노래는 울려 퍼지고
빛의 비는 쏟아져 내리고
숭배하는 이는
하늘의 감로를
맛보기 시작한다.
모든 것은 하나이며 같다.

카비르는 말한다.
'아는 자는 말이 없다.
이러한 진리는 결코
베다나 다른 책에서
발견할 수 없나니.'

나는 균형 잡힌 자아 위에 앉아
말할 수 없는
기쁨의 잔을 마셨다. 그 때
거기서 신비의 열쇠를
발견하였나니!
나는 하나 됨의
근원을 열었다.
자취를 따라 여행하여
슬픔이 없는 나라에
도착했다.
아주 쉽게 위대한 님의 자비가
쏟아져 내렸다.
님은 무한하여 닿을 수 없다고
그들을 노래했다. 그러나
나는 명상 중에
시각을 통하지 않고서
님을 보았다.

아무도 길을 모르고

이끄는 자가 없는
참으로 슬픈 나라이다.

오직 님은
그 길을 통해 확연히
모든 슬픔을 초월하신다.

경이로운 것은
휴식의 땅에서는 어떠한 가치도
승리할 수 없다는 것이다.

지혜로운 자는
그것을 알며
그것을 노래한다.
이것이 궁극의 언어이다.
그러나 어떤 말로도
그 놀라움을
표현할 수 없나니.

누구든 그 놀라움을 맛본다면
그 기쁨을 알리라.

카비르는 말한다.
'무지한 자는 현명해지고
현명한 자는
침묵의 고요가 되는
진리를 알라.'
숭배자는 흥분하고 취하여
속삭인다.
님의 지혜와 하나 됨은
우리를 완벽하게 만든다.
님은 사랑의
들이쉼과 내쉼의 잔을 마신다.

온 하늘은 음악 소리로
가득 차 있고
음악은 연주자도 악기도 없이
저절로 울린다. 거기에는

기쁨과 슬픔의 게임이
끊이지 않는다.

카비르는 말한다.
'만일 그대가
삶의 바다에 그대의 삶을
침몰시킨다면
지복이 가득한 최상의 땅에서
그대의 삶을 발견할 것이다.'

황홀한 열광은
모든 시간 안에 있다!
숭배자는 시간의 본질을
들이마시며
창조자와 하나 되어 산다.

나는 진리를 말한다.
삶의 진리를
받아들이라고.

나는 지금 진리에 취하여
반짝이는 모든 지식들을
다 쓸어 내던졌다.

카비르는 말한다.
'숭배자는 두려움으로부터
자유롭다.
삶의 모든 고통과 죽음은
그를 떠났다.'

하늘은 음악으로
가득 차 있다.
비는 감로수를 내리며
하프와 북은 울린다.
비밀의 빛나는 광휘가
거기 있으며
하늘에는 별이 머문다.

거기에는 태양을 뜨고

지게 하는 이에 대한
언급이 없다.
바다의 나타남으로
밤과 낮이 사랑의 빛 속에
하나로 용해됨을 느낀다.

영원히 즐겨라,
슬픔과 싸움은 없다!
그곳에서 나는
기쁨으로 가득 채워짐을 본다.
완전한 기쁨으로 거기엔
이미 어떠한 고통도 없다.

카비르는 말한다.
'그곳에서 나는 자신이
하나의 축복의 움직임임을
증명했노라!'

나는 내 몸 안에

우주의 움직임이 있음을
깨달았다.
나는 이 세상의
미망으로부터 떠나 있다.

안팎으로 하나의 하늘은
무한과의 경계가 사라졌다.
나는 이 모든 것을
통째로 들이마셔 버렸다.

그대의 빛이 우주에
가득 차 있다.
사랑의 램프는
지식의 쟁반 위에서
활활 타오른다.

카비르는 말한다.
'어리석음은
들어오지 못하며

삶과 죽음의 갈등은
더 이상
괴로움을 주지 못한다.'

카비르는 초월과 상대 세계를 오르내리면서 한계 없는 무한 의식, 우주의 의식을 표현하고 있다. 노래나 시, 특히 초월적인 시는 직관적이기에 그 단계를 말한다는 것이 애매할 수가 있다. 우리는 삼매의 경지를 여러 단계로 나눈다. 초월은 절대이며 상대적인 것이 존재하지 않지만, 의식과 삼매 즉 사마디는 몸과 상대적인 것, 그리고 공존하고 인식해야 하는 상대적인 대상으로 인해 그 단계가 네 개로 나뉘어 진다. 첫 번째의 삼매는 사비칼파 삼매인데, 그것은 초월 의식을 체험한 것이다. 두 번째는 니르비칼파 삼매인데 초월 의식이 잠이 들거나 꿈을 꾸거나 활동하는 사이에도 항상 지속이 되는 것이다. 세 번째는 케발라 니르비칼파 삼매이다. 그 상태에 이르면 대상을 바라보는 한계 없는 의식이 확장된다. 마지막으로 네 번째가 사하자 삼매이다. 이 상태는 상대와 절대가 하나 되며, 모든 인식 능력이 둘이 아닌 무한한 그 자체가 되는 것이다.

man tu par utar kanh jaiho

모든 이미지를 떠나 그대 자신 위에 굳건히 서라

어떻게 저 언덕을
넘어 가는가?
거기에는 안내자도 없으며
길도 없나니.

그 언덕 어디에 머물며
어디로 가야 하는가?
거기에는 물도, 배도 없으며
사공도 없다. 거기에는
배를 묶는 줄도,
묶을 사람도 없고
땅도 없고 하늘도 없으며
시간도 없고
어떤 물체도 없다.
해변도 없으며,
쪽배 한 척도 없나니!
몸도 없고 마음도 없다.

어디에 목마른 영혼이
머물고 있는가?
이 모두가 없는
무한한 허공 속에서
아무것도 발견할 수 없다.
강건하게 너의 몸을 가지고
그 무의 세계로 들어가라
네 발자국을 깊숙이 남기며
깊이 생각하며 가라.

오! 내 사랑하는 감각이여,
늘 가까이 있어다오.

카비르는 말한다.
'모든 이미지를 떠나
그대 자신 위에
굳건히 서라.'

넘어선 경지에는 상대적인 개념이 없다. 그러나 몸은 위대한 영혼의 표현이다. 이 상반된 모순을 아름답고 조화롭게 일구어 내는 것은 위대한 삶의 표현이다. 카비르는 말한다. 누구나 이 몸과 느낌을 가지고 초월의 삶을 살라고.

ghar ghar dipak barai

생각을 비우고 사물을 바라보라

모든 집에서
램프가 빛을 발한다.
오! 눈 먼 이여,
그대는 그 빛을 보지 못한다.

어느 날 갑자기
그대의 눈이 열리고
그대가 죽음의 속박으로
떨어지는 것을
스스로 보게 되리라.
거기서는 말할 수도,
들을 수도,
행동할 수도 없다.

님은 죽었지만 살아 있다.
그는 다시 죽지 않는다.
그는 홀로 살고 있기에
요기는 말한다.
'님의 집은 멀리 있다' 라고.

그대의 님은 늘 가까이 있다.
그럼에도 그대는
그를 찾기 위해
야자나무 위로 올라간다.
브라만 승려는
믿음을 전수하기 위해
이집 저집 돌아다닌다.

아, 진정한 삶의 기초는
그대 곁에 있다.
그곳에 확실한 숭배의
초석을 세우라.

카비르는 말한다.
'나는 내 님이
얼마나 감미로운지
뭐라 형용할 수 없다.
요가와 기도와 윤리 도덕과 악은
님과는 비길 수 없나니.'

우리는 삶에 만족하고 안정을 찾기 위하여 수행을 하고 명상을 하고 종교를 믿는다. 어떤 이들은 자신이 바라는 도를 이루기 위해 많은 곳을 찾아다닌다. 그들은 스승을 찾으려고 인도와 히말라야를 돌아다니기도 하며, 철저하게 짜여진 훌륭한 도덕률을 지키기도 한다. 여기에서 카비르가 말하는 삶의 기초란 초월의 근본이 되는 고요함을 가지고, 모든 것을 만들어 내는 생각을 비우고 사물을 바라보라는 것이다. 어떻게 그렇게 할 수 있는가? 그것은 바로 멀리 있지 않은 그대 자신의 내면을 직시하는 것이다.

깨어나라 깨어나 보라

오 벗이여! 깨어나라.
더 이상 잠들지 말라!
밤은 지나갔으니
그대의 낮을 잃을 수 있는가?
깨어난 자들은
보석을 가졌나니.

오! 어리석은 여인이여,
그대가 잠든 동안
모든 것을 잃었도다.
그대가 사랑한 이는 지혜롭고
그대는 어리석나니.

오 여인이여!
그대는 남편과의 잠자리를
결코 마련하지 못하리라.

오! 미친 이여,
어리석은 장난으로

그대의 시간은
다 지나가 버렸다.
젊은 시절은 공허하게
지나가고,
그대는 그대의 님을
알지 못하였다.

깨어나라, 깨어나서 보라!
그대의 침대는 비어 있고,
님은 밤에 당신 곁을
떠나가셨다.

카비르는 말한다.
'오직 그녀가 깨어 있을 때,
님의 음악의 화살이
그녀의 가슴을
꿰뚫으리라.'

우리의 삶은 쉬지 않고 끊임없이 변해간다. 그리고 그것은 돌이켜지지 않는 시간의 역사가 된다. 몸이 태어나면서부터 그 몸의 활동이 끝날 때까지 우리의 의식은 쉬지 않고 자각이 진행된다. 생존의 역사와 함께 존재의 시간은 진행되며, 우리는 이 귀중한 자각의 시간을 직시해야만 한다.

sur parkas tanh rain kahan paiya

구도자는 밤낮이 없고 끝없이 지속된다.

어두운 밤은 어디에 있으며
태양은 언제 다시
빛나는 것일까?

어두운 밤이 계속된다면
태양은 그 빛을 잃으리라.

지혜의 빛이 빛날 때
무지는 무슨 노력을
할 수 있으리?
만약 무지의 밤이
계속된다면
지혜는 죽어버리리라.

욕정이 있다면 어떻게
사랑이 있을 수 있으리?
사랑이 있다면
욕정은 사라지리라.

칼을 쥐고 전쟁터에
나가보라. 그리고
싸우라, 내 형제여!
삶이 다할 때까지
적의 목을 베어라.
순식간에 전쟁이 끝나도록.

적의 목을 베어
너의 왕 드루바에게
가져가라.
용사는 전쟁에서 결코
관용을 베풀지 않는다.
갈팡질팡하는 것은
진정한 용사가 아니다.

이 몸의 영역 안에
탐욕, 분노, 오만, 욕망에
대항하는
또 하나의 전쟁이 계속된다.

진리에 만족을 느낄 때,
또한 순진무구할 때,
왕궁 안에서의 전쟁은
격렬할 것이다.

가장 격렬한 울림으로
부딪치는 칼이
님이라는 이름의 칼이다.

카비르는 말한다.
'용맹스런 전사가
전쟁터에 나가면
병사들은 겁에 질려
도망갈 준비를 한다.

진리를 구하는 자의 전쟁은
격렬하고 고단하다.
진리를 찾는 구도자의 맹세는
싸움터의 전사들이나

죽은 남편을 따라 죽는
과부보다 더욱 비장하기에.

전쟁터의 싸움은
불과 얼마 동안만
지속될 뿐이고
남편을 따라 죽는
과부의 괴로움도
곧 끝이 난다.
그러나 구도자의 전쟁터는
밤낮이 없을 뿐더러

삶이 다할 때까지 끝없이
지속된다.'

카비르는 삶과 구도의 처절함을 여러 비유를 들어 설명하였다. 드루바는 영원히 변치
않고 존재하는 북극성을 말하며, 성질이 급한 성자를 말한다. 진리인 님과 참 자신을
찾는 이는 삶이 다할 때까지 자신과의 전쟁터에서 승리를 위해 쉬지 않고 끊임없이
싸워야 한다.

bhram ka tala laga mahalre

행운을 결코 지나치지 말라

어리석음으로 잠긴 문은
사랑의 열쇠로 열린다.
문이 열리면 그대는
가장 사랑하는 이의 도움으로
다시 깨어난다.

카비르는 말한다.
'오! 형제여, 이런 행운을
결코 지나치지 말라.'

어리석음으로 막혀 있는 상대적이고 한정된 세상에서 내면으로 몰입해 들어갈 수 있
는 가장 위대한 방법은 사랑이다. 사랑은 마음의 거친 바람을 잠재우고 그것을 곧 미
풍으로 만들어 준다. 사랑은 마음이 자연스럽게 내면으로 가도록 이끌어주는 행운의
비밀 통로이며, 그 자체가 바로 명상이다. 수많은 잡다한 생각들로부터 벗어나게 하
고, 모든 것을 녹여버리는 절대적인 상태, 그것이 사랑이다.

창조자만이 창조의 선율을 연주할 수 있다

오 벗이여!
이 몸은 님의 현악기이니
나는 현을 팽팽히 당기며
창조자의 손길을 기다린다.
만약 당김이 느슨해지면
다시 이 몸은
먼지에서 먼지로
돌아가게 되리라.
카비르는 말한다.
'창조자만이 창조의 선율을
연주할 수 있다.'

우리는 한정된 시간 안에서 한계 있는 몸을 가지고 가장 위대하고 영원한 연극무대를 올려 신에게 바쳐야 한다. 봄이 지나면 꽃은 시들고, 찬란한 봄의 아름다움은 우리 기억 속에 영원히 남는다. 신은 그러한 우리의 노력을 가상하게 받을 것이다. 카비르의 박티 사상은 신에 대한 절대적인 귀의 또는 몰입이다. 이것은 신이 나의 몸을 빌려 표현한 위대한 창조인 것이다.

avadhu bhule ko ghar lawe

집은 삶의 기쁨과 환희로 가득하다

님은 참으로 나를 사랑하여
님의 집으로
이 방랑자를 초대한다.
집에 있다는 것은
진정한 합일이며
그곳은 삶의 기쁨과 환희로
가득하다.

왜 나는 집을 떠나
숲 속을 방황하였던가?
만약 창조자가
진리를 실현하게끔
나를 초대해 주었더라면
참으로 나는
구원과 속박 둘 다를
집에서
일찌감치 발견했을 텐데.

창조자에게

깊이 몰입할 수 있는
능력이 있는 이.
그의 삼매에
빠질 수 있는 이는
님에게 사랑받게 된다.

님은 참으로 나를 사랑하여
창조자를 알게 하고
명상 속에서
지고의 진리에 머물게 한다.
삶을 초탈하고
사랑으로 하나 될 때
무한의 음악을
연주하게 한다.

카비르는 말한다.
'집은 안주할 수 있는 곳이며
집은 진정한 실상이다.
집은 그 님이

진실되도록 도와준다.
그러므로 그대가
어디에 머물고 있든지
모든 것은
그것이 정해진 순간
그대에게로 온다.'

카비르는 이 비유를 통하여 실상에 대한 여러 관점을 표현하였다. 많은 사람들은 자신의 삶을 방황하다가도 집으로 돌아왔을 때 자신의 존재를 발견하곤 한다. 그리스의 장수 오디세이는 트로이와의 전쟁에서 승리한 후에 숱한 방황 끝에 자신의 집에와서 안정을 취하였다. 도가나 불가에서 나오는 십우도에서는 잃어버린 소를 찾아떠났다가 다시 집으로 돌아와서는 그러한 기억마저도 놓아버린다고 하였다. 자신의 집에 있다는 것은 자신의 진정한 본성인 참 나를 찾았을 때 진정한 행복을 자각한다는 것이다. 이것을 우파니샤드에서는 "사트 치트 아난다(Sat Chit Andanda)"라고한다. 즉 사트는 절대 실상, 치트는 의식과 자각, 아난다는 희열과 행복과 환희를 말하는 것이다.

tirath men to sab pani hai

다른 모든 것들은 진실하지 않다

성스러운 목욕을 하는 곳에는
그저 물이 있을 뿐이다.

내가 성스러운 목욕을 하는데
그 물은 아무런 소용이 없다.

상상한 모습들에는
생명이 없다.
그것들을 말할 수는 없다.
나는 그것들을 바라보며
울부짖는다.
푸라나와 코란은
단지 언어일 뿐.
그 가려진 베일을 열어젖히고
나는 보았다.

카비르는 체험의 언어를
속삭여 준다.
그는 다른 모든 것들은

진실하지 않다는 것을 안다.

인도의 성스러운 갠지스 강의 도시 바라나시에는 언제나 수많은 사람들이 모여들어 강가에서 자신을 정화하고 복을 빌며 목욕을 한다. 그리고 성스러운 목욕 축제인 쿰 블라 멜라 기간에는 수천만 명의 사람들이 축복을 받기 위해 갠지스 강가에 모여든 다. 그러나 그 한번의 목욕으로 자신의 몸과 마음이 정화되고 성스러워지겠는가? 순 간순간이 언제나 님을 향하여 님에 대한 마음으로 집중되어 있을 때, 비로소 님은 그 와 함께 존재하는 것이다. 크리쉬나를 사모하여 언제나 크리쉬나의 의식 상태에 항상 존재하였던 미라바이는 어떠한 어려운 상황에서도 크리쉬나의 신성 의식과 분리되지 않았다. 카비르는 경전의 외부적인 측면을 뚫고, 그것의 의미를 깊이 있게 간파하라 는 것이다.

pani vic min piyasi

물 속의 물고기가 목마르다 한다

물 속에 있는 물고기들이
목마르다는 이야기를
들었을 때
나는 웃었다.

그대는 집안에 있는
진실을 보지 않고
어찌하여
이 숲에서 저 숲으로
방황하는가!

여기에 진리가 있다!
베나레스나 마투라로 가보라.
만약 그대의 영혼을
발견하지 못한다면
세계는 그대에게
실체가 아니다.

인도의 히말라야 수행자인 스와미 브라마난드 사라스와티는 이렇게 말하였다. "삶은 희열의 바다이다." 그리고 "물고기는 입만 벌리면 물이 들어오는데 왜 입을 벌리지 않는가?"라고 하였다. 인간들은 영혼의 바다에서 자각하기만 하면 된다는 것이다. 외부적인 성지는 다만 그대의 영혼의 각성을 위한 수단일 뿐이다.

진정한 진리의 길은 참으로 험난한 길이다

나의 형제여,
어떻게 환영으로부터
벗어날 수 있을까?

내 옷에서
리본을 떼어낸다 해도
옷은 그대로 남아 있고
옷을 벗어버린다 해도
몸이 나를 감싸고 있다.

정열을 포기한다 해도
탐욕은 아직 남아 있으며
탐욕이 사라진다 해도
오만과 자만은 남아 있다.

마음이 환영으로부터
벗어나도
환영이란 말은
마음속에 남아 있다.

카비르는 말한다.
'사랑하는 구도자여!
진정한 진리의 길은
참으로 험난하다.'

환영 또는 산스크리트어로 마야라고 하는 것은 원래 없는 것을 우리가 있는 것으로 착각하는 것이라고 인도의 베단타 철학에서는 말한다. 거기에는 이러한 비유가 있다. "어떤 사람이 어두운 밤길을 걷다가 검은 색의 긴 물체를 보고 뱀이라고 생각하여 급하게 도망을 쳤다. 그런데 밝은 날 다시 그 길을 가 보니 그것은 뱀이 아닌 밧줄이었다." 우리의 인상과 인식 능력의 착오 때문에 세상은 항상 잘못 보일 수가 있다. 카비르는 그것을 지적하며 진리의 길, 즉 바로 보는 삶을 살라고 말하는 것이다.

gagan math gaib nisan gade

내면 세계의 희열

감추어진 깃발은
하늘의 사원에 꽂혀 있고
푸른 하늘의 지붕은
달과 빛나는 보석으로
아름답게 장식되어 있다.

태양과 달빛은
그대 마음이 고요하여
광채가 나기 전에
빛이 난다.

카비르는 말한다.
'그대는
이 감로수를 마시면
정신이 오락가락하여
미쳐버리리라.'

우리가 근원의 세계를 어떤 식으로 표현하든 그것은 맞지가 않다. 다만 보는 자와 보는 대상이 이미 모든 과정의 충만함에 의해 빛나는 것이다. 내면 세계의 희열은 어떤 것보다 강력하고 파악하기 어려운 체험이다. 카비르는 그것을 이렇게 노래한 것이다.

sadho ko hai kanh se ayo

진정한 스승은 무한하지도 않다

그대는 누구이며
어디로부터 왔는가?

어디에 지고의 영혼이 있으며
어떻게 님의 그 모든 창조가
전개되는가?

불은 나무 안에 있다. 그러나
누가 그것에서 돌연히
불꽃을 일으키는가?
나무는 재가 되어버린다.

어디서부터
불의 힘이 나오는가?
진정한 스승은 어떤 한계점에도
다다르지 않으며
무한하지도 않다.

카비르는 말한다.

'창조자는 그의 언어를
그 말을 듣는 자에게
그때그때 적절히 쓴다.'

이 노래는 카비르의 직관적인 요소가 있다. 그는 어떤 것에 안주하여 그 체험에 머물지 말도록 초월적인 언어를 구사하고 있다. 그것은 마치 그야나 요가 수행자가 절대인 푸루샤를 언제나 자각하는 비차라로 날카롭게 지켜보는 것과 같다.

진리의 말을 들어라

오 수행자여!
단순한 진리 안에
그대의 몸을 담으라.

씨앗은 반얀 나무 안에 있고
씨앗 안에는
꽃과 과일과 줄기가 있으며
세포 조직 안에는
육체가 있다.

불, 공기, 물, 땅, 에테르가 없는 곳에는
님이 없나니!

오 카시여!
오 판디트여!
신중히 생각해 보라.
그대의 영혼 속에 무엇이
부족한지를.

물이 가득 찬 주전자가
물 속에 있을 때
물은 안과 밖으로
가득 차 있다.
그것은 이중성의 과오로
불려질지 모르는 두려움에
그 이름을 붙일 수 없다.

카비르는 말한다.
'진리의 말을 들어라.
당신은 그 님을 말한다.
님 자신이 창조자다.'

그는 인도 철학의 핵심인 다르샤한을 강론하며 노래하고 있다. 바이쉐시카 철학과
삼크야 철학의 핵심을 설파하고 있는 것이다. 특히 삼크야 철학은 절대와 상대의
개념과 절대로부터 상대로 표현되는 것, 상대로부터 절대로 가는 과정을 말한다.
즉 절대인 푸루샤와 상대인 프라크리티, 그리고 그것의 발현 과정은 푸루샤에서
자아인 아함카라와 이지인 부띠와 마음의 작용인 마나스, 그리고 오감과 다섯 가
지의 기관과 다섯 가지의 원소 등을 설명하는 것이다. 이러한 입장은 바이쉐시카
철학도 마찬가지이다. 여기에서 카비르가 '님 자신이 창조자이다.'라고 한 것은 베

단타 철학을 뜻하는데, 그것은 상대와 절대를 바로 직시하게 하는 직접적인 수행 방법이다.

jab main bhula re bhai

진정한 이름

오 형제여!
모든 기억이 사라질 때
진정한 스승은
내 생의 빛이 되었나니.

나는 온갖 의식과 제례를
떠났으며
더 이상 성스러운 물에
목욕하지 않았다.
그때 나는 혼자 열중해 있었고
세상의 모든 것이
다 온전하다는 것을 알고는
현명한 자들을 방해했었다.

나는 더 이상
복종의 굴욕을 당하지
않는 법을 알았다.
나는 사원의 종을
울리지 않는다.

나는 옥좌의 권능을
숭배하지 않는다.
나는 모든 환영들에게
예배하지 않는다.

그대가 옷을 벗어
자신의 감각을 없애버렸다면
신에게 간청하지 말라.

착하고 바른 일을 하는 사람,
세상 한가운데 능동적이며
세상의 모든 창조물들을
자기 자신처럼 여기는 사람은
불멸의 존재를 성취할 것이다.

진정한 신은 그와
영원히 함께 할 것이니.

카비르는 말한다.

'그는 진정한 이름에 도달되어

그의 말은 순수하고

오만과 자만으로부터

자유롭도다.'

모든 제례 의식과 종교 의식을 통하여 우리는 절대적인 신의 자취를 접하려고 한다.
그러나 절대는 상대를 넘어서 있다. 진정한 삶의 길로 전진하는 이는 어떠한 형식에
도 구애받지 않고 올곧게 전진해나가는 것이다.

na jane sahab kaisa hai

맹목적적인 고행자

나는 신이 나에게
어떻게 대할지 모른다.
뮬라는 큰 소리로
님에게 울부짖는다.
왜 당신의 주는 귀머거리인가요?

곤충 다리의 미세한 발목 장식이
움직일 때 그것이
울리는 소리마저도 듣는 님이여!

말해보라,
그대는 왜 염주를 돌리는가?
그대 이마에 그려놓은
그대가 숭배하는 신의 상징과
잘 보이도록 길게 늘어뜨려
온 몸에 걸친 자물쇠들을.

그러나 가장 무서운
죽음의 무기는

그대의 가슴 속에 있나니.

어찌 그대가

신을 가질 수 있으랴?

계속해서 카비르는 수행자들의 고행의 맹목적성에 대해서 비판하고 있다. 수행자가
절대적인 경지에서 고행의 물건을 하나의 상징으로 표현하는 것이 아니라면, 단지 외
부적인 고행으로 인하여 모든 생애가 허비되지 않게 하라는 것이다.

man na rangaye

진정한 수행자

요기는 그의 마음을
사랑의 색으로 물들이는 대신
그의 옷에 물감을 들인다.
그는 늘상 사원에 머물며
창조자에게 예배를 올린다.

귀에는 구멍을 뚫고
긴 수염을 길러
광택 없는 문고리를 잠가놓은 듯
비틀어 꼬아놓은 모습이
마치 염소 같다.

그는 거칠게 뛰어들어
모든 욕망을 죽이고
자신을 내시로 변화시킨다.
머리를 깎고, 옷을 물들이고,
기타를 읽으며,
거창한 설법가가 된다.

카비르는 말한다.

'그대는 손발을 옭아매고

죽음의 문으로 가라!'

카비르는 형식적이거나 가식적인 수행자들에게 일침을 놓는다. 인도의 수많은 수행자들은 12년마다 갠지스 강가에서 열리는 큰 종교 행사인 '쿰블라 멜라'에 모이게 되는데, 그 때 그들은 다양한 모습으로 치장하고 독특한 패션으로 사람들 앞에 나타난다. 거기에는 진정한 수행자도 있지만 그렇지 않은 수행자도 많다. 그들은 자신이 최고의 수행자인 아바두타라고 하기도 하며 다양한 경전인 기타를 설파한다. 카비르는 모든 형식이나 격식을 떠나 자신의 내면의 진리를 접하라고 하는 것이다.

ham se raha na jay

내 가슴은 죽어 있고 그럼에도 생존하노라

나 자신을 개입하지 않고
나는 님의 피리 소리를
듣는다.
봄은 오지 않았지만
꽃은 이미 활짝 피어
별들을 초대할 때

하늘은 포효하고
빛은 번뜩인다.
내 가슴 속에서도
물결이 밀려온다.
비가 온다.

가슴은 님을 향한
그리움으로 벅차오른다.
온갖 세상의
영락의 리듬이
가슴에 와 닿는다.
내 가슴 속에 감추어진 깃발도

펄럭인다.

카비르는 말한다.
'내 가슴은 죽어 있고
그럼에도 생존하노라.'

님의 현존은 위대한 자연의 모습이다. 님은 우리의 지루한 기다림 끝에 나타나는 것
이 아니라 항상 우리의 존재와 함께 있다. 님은 자신의 깊은 의식 세계 안에서 존재하
는 것이다.

nirgun age sargun aacai

무한의 표현은 가장 신비하다

움직임도 없는 곳에서

춤이 나온다.

님과 나는 일심동체다.

큰 나팔이 우렁차게 울리며

이를 선언한다.

스승이 나타나

제자 앞에 절한다.

이것은 가장 위대한 경이이며

신비이다.

절대의 경이로움은 상대이다. 무한의 표현은 가장 신비하다. 어떻게 이 몸 안에 무한을 표현할 수 있는가? 몸은 이 세상에서 가장 고귀한 보물단지이며 정신은 그 고귀한 보물단지 안에 있는 보물이다. 고대의 성자 삼카라의 스승 고빈다는 "물통 하나로 홍수가 난 성스러운 나르마다 강을 담으라."라고 하였다. 한계 있는 것의 무한한 표현과 무한함이 한계 있는 것으로 표현되는 것은 이 세상에서 가장 아름다운 신성의 표현이며 기적이다.

santanjat na pucho nirguniyam

거기엔 아무 차별도 없다

성자에게
어느 카스트에 속해 있는지
묻는 것은 무의미한 일이다.

성직자나 무사나 장사꾼
모든 이들은 신을 찾고 있다.

성자에게
어느 계급에 속해 있는지
묻는 것은 어리석은 일이다.

이발사나 세탁하는 여인,
목수라 할지라도
신을 만날 수 있으며

비록 노예의 신분이라 하여도
신을 찾는 구도자가 될 수 있다.

성자 스바파차도 땜장이였다.

힌두교인이나 무슬림교인도
하나로 궁극에 이르렀나니!

거기엔 아무 차별도 없다.

인도에서 인구의 80퍼센트는 힌두교인이다. 힌두교의 마누 법전에는 인간이 자신의
성향에 따라 지켜야 하는 의무가 표현되어 있다. 그러나 그것이 계급의 높낮이로 표
현되면서 올바른 방향이 제시되지 못하였다. 카비르는 붓다 이후 인도의 잘못된 계급
제도를 강력하게 비판한 사람이었다. 그는 브라만 계급의 서자로 태어나 이슬람교 집
안에서 자랐으며, 가장 낮은 계급으로 살았지만 그의 진리에 대한 직관은 모든 것을
평등한 마음으로 바라보았다. 진리와 참 나는 인간의 몸 안에 존재하는 것이며, 그 외
부적인 조건이나 혈통에 존재하는 것이 아니다.

ya tarvar men ek pakheru

깊은 것은 심오하고 신비하다

이 나무 위에 새가 앉아
삶의 기쁨으로
춤추고 있다.
그 새가 어디에 있는지는
아무도 모른다.
그 음률을
알려는 이가 있을까?

가지는 그늘을 만들어
둥지를 가리며
밤이 오면
그 새는 날아와
아침이 되면 날아간다.
그 의미는 말로
표현되지 않는다.

이 새가
내 품 안에서 노래한다고
말하는 이는

아무도 없었다.

그 새의 빛깔이 어떤지도
말할 수 없다.
그 새는 형체도 없고
윤곽도 잡을 수 없다.

그 새는 사랑의 그늘 아래
앉아 있나니!
도달할 수 없는
무한의 장소에 자리 잡아
누구도 그 새가 오가는 것을
느낄 수 없다.

카비르는 말한다.
'오 나의 형제, 수행자여!
깊은 것은 심오하고
신비하다.
지혜로운 자는 그 새가

어디에 안주하고 있는지

찾으려 한다.'

카비르의 영향을 받은 근대의 시성인 타고르는 그의 시 '교차로'에서 "나무의 뿌리는
땅에 뿌리박고 나무의 가지는 하늘에 뿌리박고 있다."라고 하였다. 카비르의 신비한
아름다움은 그 초월적인 직관에서 나오는 찬란한 아름다움이다.

na main dharmi nahin adharmi

일어나는 것도 아니며 소멸하는 것도 아니다

나는 신을 섬기지 않는다. 그러나
신을 섬기지 않는 것도 아니다.

나는 율법에 의해 살지 않으며
감각에 의해 살지도 않는다.

나는 말하는 자도 듣는 자도 아니다.
나는 하인도 주인도 아니다.

나는 속박된 것도 아니고
자유도 아니다.
나는 집착을 떠난 것도 아니며
집착에 매인 것도 아니다.

나는 어떤 것과도
멀리 떨어져 있다.
그러나 지옥에 가 있는 것도
천국에 가 있는 것도 아니다.

나는 모든 일을 한다.
그럼에도 이 모든 일들로부터
떨어져 있다.

몇몇 무리들은
내 뜻을 이해한다.
그것을 이해하는 사람은
움직이지 않는다.
나는 확립되지도
사라지지도 않는 것을 찾는다.

카비르는 어떤 것에도 속하지 않지만 자유롭게 다 연결되어 있다. 그것은 이사 우파
니샤드에서 말한 "참 나는 하나이며 움직이지 않지만 마음보다도 더 빠르며, 감각 기
관으로도 잡을 수 없다. 참 나는 움직이지 않지만 움직이는 어떤 것 보다 빠르다. 참
나는 움직이기도 움직이지 않기도 하며, 멀리 있기도 가까이 있기도 하며, 모든 것 안
에 있기도 하며 모든 것의 바깥에 존재하기도 한다." 라는 가르침과 같다.

satta nam hai sab ten nyara

진정한 이름

진정한 이름은 결코
다른 이름이 아니다.
조건이 없는 것으로부터
조건이 갖추어진 것의
구별이 곧 말이다.

무조건적인 절대가
씨앗이며
조건 지워진 것은
꽃과 열매이다.
지식은 가지이며
이름은 뿌리이다.

보라, 어디에
뿌리가 있는지
그대가 뿌리에 있을 때
행복은 그대 것이 된다.

뿌리는 그대를

가지와 잎과 꽃과 열매로
맺어준다.
그것은 님의 관심이며
축복의 도달이다.

그것은 조건 지워진 것과
무조건적인 것의 조화이다.

리그 베다의 첫 장에서 "순수한 본성에서 그 자체의 본성의 힘에 의해 창조되어지며
그것은 거대한 질서 있는 창조를 일구어낸다."라고 하였다.

몸과 마음의 주인은 바로 절대 자아인 참 나이다

나는 말고삐를 당기듯이
마음의 말고삐를
조이고 당긴다.
모든 것을 떨쳐버리고
내면의 공간으로
전진해 나간다.

참 나의 실현은
말 안장에 앉는 것이니
그대의 발이
자연스럽게 말 등자에 놓이면
나는 마음의 말고삐를
조이고 당긴다.

오라, 나는 말고삐를 당겨
그대를 천상으로
여행하게 해주련다.
만약 말이
갑자기 멈추게 되면

나는 그대를
성스러운 사랑의 채찍으로
휘몰아 가리라.

우리의 몸과 마음의 주인은 바로 절대자아인 참 나이다. 카비르는 말한다. 참 나를 발
견하려면 마음을 다스려 참 나로 가져가야 한다고. 그것은 훈련이며 수행 방법이다.
그가 말한 사랑의 채찍이란 즐겁고 진지한 훈련으로 본래 자신이 잊고 있었던 참 나
로 자연스럽게 이끌어 가는 것이다.

내면의 소리에 귀 기울여라

canda jhalkai yahi ghat mahin

내면의 소리에 귀 기울여라

내 몸 안에서
달은 빛나건만
내 눈은 멀어 보지 못한다.
달은 내 안에 있고
그것은 곧 태양이다.
울리지 않는 영원의 북이
내 안에서 울려 퍼진다.
하지만 내 귀는 듣지 못한다.

인간이 자신과 신을
간절히 원하는 동안
그가 해야 할 일은
아무것도 없다.
나와 신과의 모든 사랑이
이루어졌을 때
신이 해야 할 일도 끝이 난다.

행위란 지식의 습득 말고는
다른 목적이 없기 때문이다.

때가 이르면 행위는
사라진다.
열매를 맺기 위해 꽃은 피고
열매가 열리면
이내 져버리는 것처럼.

사향은 노루 안에 있다.
그러나 노루는
자신 속에서
사향을 찾지 않고
풀을 찾아 헤매일 뿐.

내 몸 안의 달과 태양을 보는 것과 영원의 북소리를 듣는 것은 내면의 빛과 내면의 소리를 말하는 것이다. 우리는 어떻게 그것을 파악하고 외부적으로 표현할 수 있을까? 예술가들은 그러한 것을 체험하고 표현하려고 한다. 카비르는 그러한 아름다움을 열매와 꽃의 관계로 표현하였다. 그리고 사향을 찾아 헤매는 노루처럼 산스크리트어로 카르마 즉 행위는 그의 과거, 현재, 미래와 연결 될 수 있는 생각과 말, 행동의 모든 영역을 말하는 것이다. 마음은 모든 생각을 관장한다. 그러한 마음이 휴식을 취하게 되면, 행위의 본질이 달라지는 것이다. 행위의 영향력은 존재하지만 그 결과를 의도

할 수는 없다. 우리가 행위의 본질을 파악하면 외부에서 구하지 않는다. 다만 그것은
자신이 만든 산물일 뿐이라는 것을 안다.

main ka se buj haun

나는 무엇인가

내 사랑하는 이에게 가서
배우라!
카비르는 말한다.
'네가 만일 나무에 대해
모른다면
결코 숲을 발견하지 못하리라.

님은 결코 추상적인 것에서
발견할 수 없나니!'

인도의 수행자인 라마나 마하리쉬는 '나는 누구인가?' 하면서 수행하라고 말하였다.
그는 지혜의 날카로움으로 "나는 누구인가? 나는 몸도 감각도 마음도 아니다. 나는 의
지도 아니며, 나라고 하는 생각도 아니다. 나는 무엇인가? 나는 그 모든 아닌 것을 제
거하고 나면 드러나는 그것이다. 그것은 사트 치트 아난다이며 절대 지복 의식이다."
라고 하였다. 나무와 숲과 같이 절대자아인 아트만과 절대인 브라만은 하나 됨이다.

ca lat mansa acal kinhi

도달할 수 없는 곳에 도달함의 아름다움

나는 도달할 수 없는
상태에 있으며
그것을 초월하여
존재하나니!

최고의 친구인 그를
직접 봄으로써
나의 휴식 없는 마음을
진정시키고 마음은 광휘로
찬란히 빛난다.

속박 속의 생활에서
나 자신은 자유롭도다!
나는 모든 뿌리를
잘라 버렸으니.

카비르는 말한다.
'나는 도달할 수 없는 곳에
도달하였으며,

내 가슴은

아름다운 사랑의 빛깔로

물들여져 있다.'

이 상태는 직접적이며 하나 된 의식의 축복이다. 마음은 날카로우며 가슴은 풍요로워

진다. 또한 감정과 이성의 최대의 조화이며 찬란히 아름다운 사랑의 표현이다.

jo disai so to hai nahin

이원성의 초월

그대는 보지 않고는
말할 수 없다.
볼 수 없을 때
믿을 수 없으며
무슨 얘기를 하여도
그대는 믿지 않을 것이다.

말에 의해
인식되어진다면
무지가 공백을
가득 채울 것이다.
어떤 사색가는
형태가 없다고 말하고
어떤 형상가는
형태가 있다고 말한다.

그러나 현명한 자는
창조자의 이원성을 초월하여
존재함을 안다.

님의 아름다움은
눈으로 볼 수 없고
님의 음조는
귀로는 들을 수 없나니!

카비르는 말한다.
'사랑과 자유
그 두 가지를 모두
발견하라.
결코 죽음으로
떨어지지 않으리라!'

선승인 영가 현각의 증도가에서 '진리를 깨달음에 한 물건도 없으니 근원의 자성이
천진무구한 부처이다.' 라고 하였다. 베단타에서는 그것을 브라흐만 그 자체라고 한
다. 카비르는 언어와 형상을 넘어선 세계를 노래한다.

무한의 피리는 끝임없이 연주 된다

무한의 피리는
끊임없이 연주된다.
그 음은 아름다운
사랑이다.

모든 구속으로부터
떠났을 때
우리는 진리에 도달한다.
얼마나 멀고 먼 곳까지
향기가 퍼져 있는가!

사랑은 무한하며
그 길목에 서 있지
아니하다.
이 선율의 형태는
수백만 개의 태양처럼
환하다.

비나의 음과 진리의 음조가

어찌 비교될 수 있으리!

무한의 표현을 묘사하였다. 바가바드 기타 11장에서 아르주나는 크리쉬나의 축복으로 엄청난 체험을 한다. 화살이 날아오는 전쟁터에서 아르주나는 찰나의 짧은 시간 동안 무한의 체험을 하게 된다. 인생은 촉박한 한계 상황이며 그 속에서 무한이 존재한다.

kaun murali sabd sun anand bhayo

등잔 없이 불꽃은 타오른다

기쁨으로 전율케 하는
님의 피리는 어떤 것일까?

등잔 없이 불꽃은 타오르고
뿌리 없는 연꽃은 핀다.

달 새는 달에 몰입하고
비 새는 온 가슴으로
소나기를 그리워한다.

그러나 사랑하는 이는
님의 모든 삶에
집중되어 있다.

절대는 상대를 여의면 모든 것이 드러난다. 삶의 집중은 사랑하는 이의 삶이다. 고대
수행자들이 말하기를 모든 수행의 마지막 종착지가 바로 나타내어진 이 세계라고 하
였다. 그것이 절대의 님의 가장 아름다운 꽃봉오리라는 것이다. 모든 시간과 공간은
이것을 연출하기 위한 준비이다.

sunta mahi dhum ki khabar

울리지 않는 음악의 연주

그대는 울리지 않는 음악이
연주되는 소리를
들어본 적이 있는가?

방 한가운데
아름다운 하프 소리가
부드럽고 달콤하게
연주될 때
그대는 그 소리를 듣지 않고
어디로 가는가?

님의 사랑의 감로를
마시지 않고
자신의 온갖 허점 속으로
뛰어드는 것이
무슨 소용 있는가?

카지는 코란의 말을 찾고
다른 이들을 가르친다.

만일 그의 가슴이 사랑으로
하나 되지 않는다면
어찌 그가 다른 사람을
가르칠 수 있으리오?

요기는 자신의 옷을
붉게 염색한다. 그러나
그가 사랑의 색깔을
알지 못한다면
그의 옷 색깔이
무슨 도움이 되겠는가?

카비르는 말한다.
'그대에게 진실로 말하노니
내가 발코니에 있거나
사원에 있거나
군대 야영지에 있거나
꽃밭에 있거나
그 어느 곳에 있든지

모든 순간

님은 그의 기쁨으로

나를 데려가리라.'

카비르는 절대와 상대가 둘이라는 이중성을 초탈한 표현을 한다. 그는 등잔 없는 불꽃, 뿌리 없는 연꽃, 울리지 않는 음악, 무한의 피리, 형상이 없는 형상 등으로 그것을 말하는 것이다. 어떠한 표현을 하든지 어떠한 모양으로 표현되든지 그는 초월 의식의 하나 된 의식으로 존재한다.

cal hamsa wa des jahan

수백만 개의 태양

오 나의 가슴이여!
내 마음을 황홀케 하는
사랑하는 이가 머무는 곳으로
우리를 데려가 주오!

거기에 머무는 사랑은
두레박 끈도 없이
우물물을 퍼 올려
나의 물병을 가득 채운다.
거기엔 구름이
하늘을 가리지 못하지만
부드러운 소나기를
쏟아 내린다.

오 육체도 없는 그대여!
현관 계단에 걸터앉지 말고
내리는 빗속에서
자신을 목욕하라.

그 누가 태양은

오직 하나뿐이라고

말했던가?

그 땅에는 수백만 개의

태양이 빛을 비추인다.

카비르는 그의 상대를 넘어선 초월적인 세계를 노래한다. 성경에서 "태초에 빛이 있
으라."고 하였으며 많은 경전들은 빛에 대한 표현을 하였다. 히말라야의 수행자는 어
둠의 동굴 속에서 내면의 찬란한 초월의 빛을 찾기 위해 집중한다. 그 빛은 내면 세계
의 어두운 고통을 밝히며 초월적이지만 모든 상대 세계를 표현하게 한다.

kabain kabir suno ho sadho

님의 존재

카비르는 말한다.
오 수행자여,
내 불멸의 말을 들어보라!
만일 그대가
선함을 행하려면
충분히 생각하고 확인하라.

창조자로부터 멀리 떨어져
길을 잘못 들면
그대 자신은 목적을 잃고
죽음을 가져오게 되리니.

모든 교리와 가르침은
님으로부터 나오고
님으로 인해 성장한다.
이를 분명히 알 때
더 이상 두려움은
존재하지 않으리라.
전능한 진리로부터

흘러나오는 내 말을 들어라!

누구의 이름을 노래하고
누구를 명상하는가?
오, 이리로 와서 휩쓸려라!
님은 모든 이의
가슴에 머무는데
왜 공허하고 황량한 곳에
머물러 있는가?

만일 스승이 그대와
멀리 떨어져 있다면
그 거리는 존경의 차이일 뿐.

진정 스승이
멀리 떨어져 있다면
누가 이 세계를 창조하리오!

그대가 님이 이곳에

없다고 여긴다면
그대는 더욱 더 방황하고
님을 찾기까지 공허함에 사무쳐
눈에는 흐르는 눈물뿐이리라.

님이 떨어져 있다면
그는 아직
도달되지 않았으며
님이 옆에 있다면
그는 넘치는 희열로
가득 찰 것이다.

카비르는 말한다.
'하인에게 고통의 아픔을
겪지 않게 하려고
님은 그를 더욱 더
결심시킨다.

네 자신을 알라,

그러면 오, 카비르여!
님은 머리부터 발끝까지
네 안에 있느니라.

기쁨으로 노래하며
그의 자리가 네 가슴 안에
확고부동하게 하라.'

카비르는 베단타 철학의 핵심인 '둘이 아닌 하나' 의 아드바이타 사상과 신과 하나 됨
의 헌신의 극치인 박티 사상을 표현하였다.

aj din ke main jaun bali hari

님의 발자국 소리는 나의 가슴을 뛰게 한다

이 날을 다른 어떤 날보다도
사랑스럽게 대하리.
오늘은 나의 사랑하는 님이
바로 내 집 손님이라.

내 방과 정원은
님의 현존과 함께
더 없이 아름답다.
내 애타는 마음은
님의 이름을 노래하고
그 노래는
님의 위대한 아름다움 속에서
바래진다.

나는 님의 발을 씻겨드리며
그 얼굴을 바라다본다.

아! 내 자신은 님 앞에
몸과 마음과 내가 지닌

모든 성의를 다 바치었다.
오 기쁨의 날에
내 사랑은 진실로
보물처럼 내 집을 찾아왔구나!
가슴 속 모든 악은
날아가 버리고
오직 내 님을 보련다.

내 사랑은 님을 만지고
내 가슴은 불타는 진리의 이름을
그리워한다.
카비르는 노래하나니
'님은 모든 하인들 중의
하인이라.'

님은 나의 가장 반가운 손님이다. 님이 온다는 소식은 나의 가슴을 뛰게 하며 삶을 생기 있게 한다. 그는 가장 사랑하는 애인이며 가장 위대한 성자이며 그는 나의 모든 것을 받아주는 어머니이며 나의 모든 수발을 들어주는 하인이다. 타고르의 기탄잘리에서 님의 발자국 소리는 나의 가슴을 뛰게 한다고 하였다.

koi sunta hai jnani rag gagan men

나는 절대 실상인 그것이다

성스러운 음악이
하늘 높이 울려 퍼지는
소리를 들은
현자들이 있는가?

님은 모든 음악의 근원이며
모든 자비로움의 그릇을
가득 채우고
자신의 넘치는 충만함으로
휴식한다.

님은 몸 안에서
언제나 목이 타 갈망하고
님의 부분으로 수행한다.

그러나 깊이 들어가면 갈수록
'님은 이것이다. 이것이 님이다.'
라는 말과 더불어
사랑으로 스며들게 하며

모든 것을 떠나
하나로 합쳐진다.

카비르는 말한다.
'오 형제여!
그것은 최초의 말이다.'

천상의 신화에 나오는 신들은 인간에게 기쁨을 주기 위해 신의 연주를 듣게 하였다.
그 고요함으로부터 울려 나오는 자연의 소리는 모든 부정적인 파장을 거두어들인다.
우리가 실천하는 인도의 수행 방법 중에 "소함"이라는 만트라가 있는데 그것은 "나는
절대 실상이다."라는 뜻이다. 그것은 태초의 음인 "옴"에서 나온 첫 번째 말이다.

먼지 속에 누워 지고의 사랑하는 이를 만나라

나는 산스크리트어를 배웠다.
그리하여 모든 사람들은
나를 현명하다고 한다.

그러나 내가 바다 한가운데
정처 없이 표류하며
목이 타 갈망할 때 이것은
무슨 소용이 있단 말인가?

이러한 오만과 공허한 짐을
그대 머리에 이고 다니는 것은
아무 소용도 없다.

카비르는 말한다.
'먼지 속에 누워
지고의 사랑하는 이를 만나라.
그 님의 현존이
그대의 주인이시다.'

실재적인 지혜란 무엇인가? 그것은 실상과의 만남이다. 인도에서는 산스크리트어를 배우는 계층은 브라흐만의 계층이 많다. 그들이 실재적으로 산스크리트어의 성스러운 비밀을 파악하는 것은 사실이지만 그것조차도 외부적인 부분이다. 진정한 초월적인 실상은 그러한 상대적인 측면을 넘어서 있다.

tarvar ek mul bin thada

신비로운 나무 한 그루가 있다

신비로운 나무 한 그루가 있다.
그 나무는 뿌리도 없고
꽃도 피지 않는데
과일이 열린다.
가지도 없고 잎도 없지만
그 주위에는
연꽃이 가득 피어 있다.

새 두 마리가 노래하는데
한 마리 새는 스승이요
다른 한 마리 새는 제자이다.
제자는 다양한 삶의 열매를
골라 맛보고
스승은 그것을 지켜보며
즐거워한다.

카비르가 무엇을 말하는지
이해하기는 어려우리라.
'새는 탐색하는 것을 넘어

존재한다.
그럼에도 아주 분명히 본다.

형상 없는 것은
모든 형상의 중심에 있다.
나는 형상의 영광을
노래한다.'

카비르 시의 특징은 먼저 상대적인 관점을 표현하고, 그런 다음 초월적인 측면을 말하고 다시 그 둘을 표현한다. 진정한 스승, 즉 사트 구루는 제자에게 모든 것을 다 준다. 마치 어미가 새끼에게 모든 것을 다 주듯이. 나는 내 인생에서 운이 좋게 그러한 몇몇의 스승을 만났다. 진정한 스승은 제자가 준비되었을 때 어머니가 자식에게 모든 것을 아낌없이 주듯이 내어준다.

나 자신을 님에게 바치리라

여자는 그녀의
사랑하는 물레바퀴의 몸을
한 부분으로 삼는다.
몸의 도시는
그 아름다움 속에서
생겨난다.

마음의 궁전 안에서
아름다움은 만들어지고
사랑의 수레바퀴는
하늘 안에서 회전하며
그 자리는 지혜의
보석으로 만들어진다.

이 얼마나 섬세한
사랑과 존경의 실로
그것은 만들어지는가!

카비르는 말한다.

'나는 밤낮으로
화환을 만든다.
사랑하는 님이 찾아와
내 님의 발아래 호소할 때
눈물로 나 자신을
그에게 바치리라.'

신에 대한 절대적인 귀의에 대해서는 크리쉬나 신에게 절대적으로 헌신했던 미라바 이에 대한 이야기를 비유로 들 수 있다. 그녀는 그녀에게 일어나는 모든 것이 크리 쉬나의 은총이라고 생각하였다. 그녀의 삶 전체가 크리쉬나 신으로 꽉 차 있었다.

사랑이 합일될 때 완전한 사랑을 얻게 되리라

나의 왕이시여!
당신의 위대한 우산 아래
수백만의 태양, 달, 별들이
빛나나이다.

님은 내 마음 속의 마음이며
내 눈 속의 눈이니.
아! 내 마음과 눈은
하나가 될 수 있으리!
내 사랑,
나의 사랑하는 이에게
닿을 수 있으리!
그러나 분노의 가슴은
내 가슴을 차갑게 하노라.

카비르는 말한다.
'그대가 사랑하는 이 안에서
사랑이 합일될 때
그대는 완전한 사랑을

얻으리라.'

사랑의 합일, 그것은 삶의 한계성을 무너뜨리고 신의 존재에게로 다가가게 한다.

님은 언제나 그대와 같이 있다

오 벗이여!
내 가슴은 생각을 잘한다.
만약 당신이
참으로 사랑한다면
왜 잠드는가?
만약 당신이 님을 발견한다면
조용히 말하여 데려오오.
당신은 어찌하여
님을 잃어버리는가?

만약 당신이 깊은 잠 속에
빠져들었다면
당신은 왜 가슴 속 침대에서
그를 보내는가?

카비르는 말한다.
'나는 그대에게
사랑의 방법을 말하노라!
마음을 이미 주었음에도

왜 계속해서 울고 있는가?'

님은 언제나 그대와 같이 있다. 님은 어디에나 다 있으며 모든 것을 배려한다. 우파니
샤드에서 님의 존재는 모든 곳에 편재하며 모든 것을 다 안다고 하였다. 카비르는 사
랑의 방법에 대해 이미 님과 같이 있는 것을 깨달으라고 한다. 많은 수행자나 현자들
은 삶을 깊이 있고 세밀하게 지켜보라고 한다. 그러면 이미 그 자신에게서 일어나는
모든 상황 속에서 깊숙이 존재하는 본질이 파악되는 것이다.

sahab ham men sahab tum men

님을 네 자신 안에서 찾도록 하라

님은 내 안에 계시며
님은 당신 안에 있다.
반면에 삶은 씨앗 안에 있다.
오, 하인이여!
어리석은 오만을 던져버려라.
그리고 님을 네 자신 안에서
찾도록 하라.

수백만의 태양은
빛으로 불타오르며
푸른 바다의 물결은
하늘로 울려 퍼진다.

삶의 열병은 잠잠해지고
모든 긴장은 씻겨져 내려간다.

나는 그 세계의
한가운데 앉아 있다.
울리지 않는 종소리와 북소리를

들어보라.
님의 사랑 안에
당신의 즐거움을 가지라.
물 없이도 비는 쏟아지며
강은 빛으로 흐르리니.

하나의 세상은
온 세상으로 퍼져 나가며
몇몇 사람들은 그것을
진정으로 알리라.
세상의 빛으로 보기 바라는 이는
진정으로 볼 수 없는 이이니
이성은 서로
분리되는 원인이라.

이성의 주제는
아주 멀리 떨어져 있는 것이니
어찌 카비르가 축복할 수 있으리.

거대한 기쁨 한가운데
오직 그분 자신의 자비 안에서만
노래할 수 있다.

이 음악은 영혼과
영혼의 만남이 되며
이 음악은
슬픔을 잊게 하나니
이 음악은 정겨운 만남을
초월한다.

카비르는 님의 존재에 대해 자세히 설명한다. 그리고 님은 나의 내면 깊숙한 곳에 있
으며 모든 세상을 바라보는 근본이 된다고 한다. 님은 초월적인 세계를 아름답게 묘
사하고 있다. 그것은 모든 종교와 철학과 예술에서 묘사한 세계와 같다.

rith phagum niyar ani

아름다운 초월의 세계를 말로 형언하리오

아! 삼월은 나를 매력적으로
끌어당기는 힘이 있나니
그 누가 나를 사랑하는 이와
함께 하게 하는가!
어떻게 내 사랑하는 것의
아름다움을
말로 형언할 수 있으리.

그는 모든 아름다움으로 스며들고
님의 빛깔은
세상의 모든 모습들이며
몸과 마음을 황홀케 한다.

아름다움을 아는 이는
봄의 표현 없는 연극을
알 수 있다.

카비르는 말한다.
'형제여, 내 말을 들어라!

많지 않은 사람만이

그것을 발견하리.'

아름다운 초월의 세계를 묘사한 사람들은 많다. 그러나 카비르는 서정과 초월적인 정
서를 깊이 있게 다루어 일반 사람들도 그 노래를 부르고 표현하게 하였다.

are man dhiraj kahe na dharai

님의 미소

어찌 그리도 인내심이 없는가,
나의 가슴이여!

님은 새와 짐승과
곤충을 지켜보며
어머니 자궁 속에서라도
돌봐 주신다.

님이 지금
그대를 돌봐 주지 않는다면
그대가 어느 곳에
있을 수 있겠느뇨!

오, 나의 가슴이여!
어떻게 님으로부터 멀리
떨어진 당신을
님의 미소로
전환할 수 있으리오.

그대는 님의 사랑스런
품에서 떠나
딴 생각들로 가득 차 있나니.

그대의 모든 것이
무의미하다.

인도 수행자들의 설화에 이런 얘기가 있다. '나도 신성함이요, 너도 신성함이요, 우리
모두 신성함이요, 모든 것이 신성함이요, 신성함이 없이는 아무것도 없음이요, 아무
것도 없다는 것 자체도 신성함이다.' 신성한 님을 떠나 무엇이 있겠는가.

narad pyar so antar nahi

님은 바로 이 자리에 존재 한다

오, 나라드여!
내 사랑이 그리 멀리
떨어져 있지 않음을 알기에
내 사랑하는 이가
깨어날 때
나도 꿈에서 깨어나리.

그가 잠들면 나도 잠든다.
그는 뿌리에서 소멸되고
내 사랑하는 이에게
아픔을 준다.
그들이 그를 찬양하는 곳.
거기에 나도 있으리니.
그가 움직일 때
나는 그 앞에서 걷는다.

나의 가슴은
내 사랑하는 이를 동경하나니.
무한 속의 순례는

그의 발아래 있으며
수백만의 헌신자는
거기에 앉아 있도다!

카비르는 말한다.
'사랑하는 자여,
님은 그 자신의 진정한
사랑의 열매로
영광을 드러내노라.'

영원을 나타내는 신의 섭리는 바로 우리와 함께 존재한다. 나의 모든 생각, 느낌, 정
서, 이지, 에고의 모든 존재 안에 님은 존재한다. 님은 잠을 자거나, 꿈을 꾸거나, 깨
어나서 활동을 하거나 언제나 같이 있다. 왜 우리는 님을 자각하지 못하는가? 베단타
철학에서 님은 바로 이 자리에 존재한다고 하였다. 그의 은총은 바로 자신의 내면의
무한한 곳에 자리 잡고 있으며 그것을 자각하기만을 바란다고 한다.

님을 만난다는 것은 얼마나 어려운 일인지

님을 만난다는 것은
얼마나 어려운 일인지!

비 새는 비를 기다리는
목마름에 우짖나니
기다림 속에서
죽어간다 하여도
비 새는
다른 물을 마시지 않고
비가 내리기를 기다린다.

사랑의 음악이 울려 퍼질 때
사슴은 앞을 향해
나아가나니
그 음에 취해
죽어간다 하여도
두려움에 떨지 않는다.

과부는 죽은 남편 옆에

누워서도

불길의 두려움이 없나니!

이 가련한 몸의

모든 공포를 떨쳐 버려라.

모든 삶의 공포와 한계를 넘어 우리는 확실한 믿음을 가지고 전진한다. 베단타 철학
에서는 지혜의 판별력보다 앞선 조건이 믿음이라고 하였다.

bhakti ka marag jhina re

사랑의 비밀

사랑의 길은 미세함이니!
거기에는 물어야 할 것도
묻지 못할 것도 없다.

다만 님의 발아래
사람들은 자신을
망각해 버린다.

마치 물을 만난 고기가
탐구의 기쁨에 몰두하여
사랑의 심연으로
뛰어드는 것처럼.

사랑하는 자는
그의 머리를
님의 일에 바치기를
결코 게을리 하지 않는다.

카비르는 이 사랑의 비밀을

선포하노라.

카비르는 비밀스런 말을 던진다. 섬세함이란 절대적인 헌신의 섬세함을 말하는데 그 것은 자연스런 몰입을 말하는 것이다. 삶과 사랑의 비밀이란 내면의 섬세한 힘을 말 한다. 요가 수트라에서 말하는 생각의 흐름을 집중시키는 것이 바로 마음의 비밀 또 는 사랑의 비밀이라고 말할 수 있다.

bhai koi satguru sant kahawai

진정한 수행자

진정한 수행자는
형상이 없는 형상을
드러내는 눈을 가졌나니
그는 님에게 도달할 수 있는
단순한 길을 가르친다.

그것은 어떤 의식이나 제례와는
다른 것이니.

그는 문을 닫으려 하지 않고
호흡을 막지 않으며
속세를 벗어나려 하지 않는다.

그는 최상의 영혼을 인지하지만
그것에 마음을 두지 아니하며

그대에게 모든 행동 가운데
고요하라고 가르치리라.

그는 언제나 희열에 가득 차
마음은 공포로부터
벗어나 있으며
모든 기쁨 가운데
합일된 영혼을 간직한다.

그는 안과 밖 어디에나
존재하나니
나는 다름 아닌 그만을
보노라.

카비르는 진정한 수행자는 경직된 도그마로부터 벗어나 삶의 단순한 진리로 평온하
게 사는 것이라고 가르친다. 많은 수행자들은 수많은 형식과 격식에 얽매여 살고 있
다. 그는 그것으로부터 자유로우라고 말하는 것이다.

pile pyala ho matwala

영혼의 감로

잔을 비우라! 그리고 마시라!
님의 이름으로
성스러운 감로를 마시라!

카비르는 말한다.
'내 말을 들어보라,
수행자여!
발바닥으로부터
머리의 왕관에 이르기까지
마음은 독으로
가득 차 있다.'

우리가 삶의 고통으로 찌들어 있을 때 한 잔의 술과 차는 마음을 풀어주고 녹여준다.
이와 같이 베다의 경전에 의할 것 같으면 소마의 즙은 우리를 희열의 기쁨으로 전환
시켜 준다고 한다. 그것은 외부적인 음료가 아니며 내면의 행복의 음료이다. 그것과
같은 감로를 암리탐이라고 하며, 불멸의 음료라고 한다. 이러한 내면의 음료는 우리
의 몸을 생기 있게 해주는 신성한 감로이다. 어떻게 그것을 마시는가? 내면으로 침잠
하여 명상으로 고요해질 때 우리는 그 희열의 감로를 마실 수가 있다.

sadho sabd sadhana kijai

말의 근원

말은 우주로부터 솟아 나온다!
말은 스승이다.
나는 들었다. 그리고
머리 숙여 제자가 되었다.
얼마나 많은 말의
뜻을 아는가?

오, 구도자여, 말을 연습하라!
베다와 푸라나는
그것을 표현한다.
세상은 그것에 기초한다고
리쉬와 헌신자는 말한다.
그러나 누구도 말의 참 신비를
알지 못하나니!

재가자는 그것을 듣고
집을 떠나며
고행자는 그것을 듣고
사랑으로 돌아온다.

교육과 철학은 그 말을 대변하며
출가의 영성은 그 말을 지적한다.

말로부터 세계의 형태는
솟아 나왔다.
말은 모든 것을 드러낸다.

카비르는 말한다.
'그러나 어느 누가 알리?
그 말의 원천이 어딘지를.'

모든 경전의 근원은 말에 있다. 우리는 말의 근원이 어디인지를 인도의 경전에서 바라볼 수 있다. 베다 경전의 핵심은 말의 근원인 소리와 그 뜻을 포함한 것이다. 그 근원의 소리는 상징적으로 태초의 음인 '옴' 이라고 하며, 근원의 음인 '만트라' 라고도 한다. 그 음의 성스러운 진동은 모든 것을 창조하고 모든 삶을 풍요롭게 발전시키며, 그 뜻과 상징과 삶의 방식은 세상의 메마르고 거친 곳에 비를 내려 새로운 창조를 일으킨다고 전한다.

khasm na cin hai bawari

님의 합일

오, 인간이여!
만일 그대가 그대의 님을
알지 못한다면
어찌 긍지를
가질 수 있으리오.
그러나 당신의 간교함을
버리라.
단지 말만으로는
님과 합일되지 않으리라.

경전을 들먹이며
그대 자신을 속이지 말라.
사랑은 이런 것과는
다른 것이니.
진실로 그것을 가까이 할 때
그대는 님을 찾을 것이다.

사랑은 내면의 진실함에 합일되어야 하며 그 진실함이 님의 존재이다. 요가 수행자들
의 유명한 경전인 요가 수트라는 "지혜로써 진리를 꿰뚫는다."고 하였다.

불멸의 바다의 구원자

불멸의 삶의 바다에 다니는 구원자.
그는 내 모든 문제를
해결해 주리라.
마치 씨앗 속에 나무가 있듯이.

모든 문제는
이 요구 속에서
받아들여질 것이니.

세상살이가 고달프고 힘들 때 우리는 절대의 신에게 귀의한다. 그 절대의 신은 우리
의 마음 안에서 우리를 구원해주는 열쇠를 가지고 있다.

행복의 바다

마침내 행복의 바다에
다다르면
더 이상 목마른 갈증으로
되돌아서서는 안 된다.

깨어나라, 어리석을 자들이여!
죽음은 소리 없이
다가오고 있나니.

여기에 순수한 물을 붓고
매 순간 호흡으로부터
들이마시라.

어떤 일이 있어도
안개의 발자국을
따르지 말라.

그렇지 않으면
축복의 감로에도

그대는 목말라 할 것이리니.

드루바, 프라할드, 수카데바도
그 물을 마셨으며
라이다스 또한
그것을 맛보았다.

성자들은 사랑으로
그 물을 마시나니
그들의 목마름은 곧
사랑이다.

카비르는 말한다.
'내 말을 들어 보라, 형제여!
공포의 둥지는
무너져 버렸다.
찰나가 아닌 이 세상에.

얼굴과 얼굴을 맞대고

그대는 올 것이다.
그대가 어리석음의 속박으로
파고든다면
그대의 언어는
거짓으로 가득할지니,
욕망으로 무거워진
복잡한 머리로
어떻게 빛이 될 수 있으리?

진리 안에서 집착을 버려라.
그리고 사랑하라'

인도 근대의 성자 라마크리쉬나는 무한한 님에 대해 다음과 같이 비유하였다. 위대한 성자 나라다는 신의 바다를 살짝 본 다음 그 자신을 잃어버리고 미친 사람처럼 신의 찬가를 부르며 돌아다녔고, 타고난 고행 수행자였던 수카데바는 그 바다를 살짝 만졌을 뿐인데 법열에 차서 뒹굴었다고 한다. 위대한 스승이며 시바 신인 마하데바는 그 바다를 한 모금 마신 후에 신의 축복에 취하여 죽은 것처럼 누워 있었다고 한다. 님의 무한한 사랑의 깊이를 어떻게 잴 수 있는가? 마치 장자가 "붕이라는 새가 날아오르면 그 날개는 하늘을 드리운 구름과 같다."라고 비유를 든 것과 같을 것이다.

sati ko kaun sikhawta hai

누가 그렇게 하라 했는가

누가 과부에게
죽은 남편의 희생물로
자신을 불태우라
훈계했는가?

누가 속세를 떠나 출가하여
희열의 사랑을 맛보라고
훈계했는가?

카비르는 대조적인 양면성을 보여주며 거기에 따르는 맹목적인 무지를 훈계하고 있는 것이다. 인도에서는 '사티'라고 하여 남편이 죽으면 부인을 같이 화장을 하는 풍습이 있다. 그러나 출가 수행자는 그의 시간을 그 자신의 행복과 기쁨을 위해서 산다고 한다. 이와 같이 그 목적 의식이 결여된 것은 이미 잘못되어 있다는 것이다.

시간을 허비하지 마라

나는 내 님과 함께
님의 집으로 왔다.
그러나 나는 님과 함께
머물지 못하였고
님을 느낄 수 없었다.

내 젊음은 꿈처럼 사라졌다.
내 결혼식 저녁
신부의 친구들은
입을 모아 노래 불렀다.
그리고 나는 기쁨과 고통 속의
위안을 받았다.

그러나 결혼식은 지나갔고
나는 내 님을 떠나
멀리 갔다.
내 친척들은 길 위에 서서
나를 위로하였다.

카비르는 말한다.
'나는 님의 집에서
내 사랑의 부분으로
더불어 가려고 한다.
승리의 나팔 소리는
울릴 수 있을까?'

시간은 화살처럼 급하게 날아가고 우리도 한정된 시간이 지난 후에는 이 몸을 떠나야
한다. 촌음이라도 우리의 시간을 허비할 수 없다. 카비르는 이 삶의 축제에 좋은 결실
을 맺으라고 한다.

연극은 땅과 하늘에서 진행된다

카비르는 깊이 생각하며 말한다.
'그는 계급도 없고 국가도 없다.
그는 형태도 없고 특성도 없다.
그는 모든 공간에 꽉 차 있다.'

창조자가 기쁨의 게임을 주었다.
옴의 말에 의해 창조가 되었다고.

땅은 그의 기쁨이며
그의 기쁨은 하늘이다.
그의 기쁨은 시작과
중간과 끝이다.
그의 기쁨은 바라보는 문이며
어둠이며 빛이다.
대양과 물결은 그의 기쁨이며
그의 기쁨은
사라스와티, 줌나, 갠지스 강의 기쁨이다.

스승은 하나이며

삶과 죽음의 통일이자 분리이며
모든 기쁨의 연극이다.
그의 연극은 땅과 하늘에서 진행된다.
연극에는 창조자가 나오며
연극은 이미 꾸며져 있다.

카비르가 말하기를
'연출자는 언제나
그의 연극 속에 인식되면서도
알려지지 않는다.'

인도의 대서사시 마하바라타는 인간의 삶과 우주의 모든 영역이 총망라되어 표현된다. 특히 마하바라타의 핵심 내용이자 위대한 경전인 바가바드 기타에서는 전우주가 이루어내는 방대한 연극의 상황이 세밀하게 연출되어 있다. 마하바라타의 주인공이자 인도에서 가장 사랑받는 신인 크리쉬나는 그것에 대한 가르침을 우리에게 전하고 있는 것이다.

jhi jhi jantar bajai

현명한 자만이 그것을 알 뿐이다

악기는 속삭이는 음악을 주며
손과 발이 아니어도
춤을 추게 된다.

손가락이 아니어도
하프는 켜지며
귀가 아니어도
그것을 듣나니.
그는 언제나 들을 수 있는
이이기에.

문은 잠겨 있지만
그 안에서는
향기가 풍겨 나오고
그 곳을 본 사람은 없나니.

오직 현명한 자가
그것을 알 뿐이다.

카타 우파니샤드는 말하기를 '태양은 그에 비하면 빛나지 않고 달과 별도 그에 비하면 빛나지 않는다. 모든 지상의 빛은 이것보다 못하나니! 모든 것은 참 나인 그에 의해서 빛난다.' 라고 하였다.

mor phakriwa manigi jay

지금 일어날 것을 일어나게 한다

거지는 먹을 것을 구해
돌아다닌다.
그러나 나는
님을 본 일이 없다.
나는 무엇을 구하기 위해
돌아다니나?
님은 내가 구하는 것이 없어도
채워 주시는데.

카비르는 말한다.
'나는 님의 것이니
님은 이제
일어날 것을 일어나게 한다!'

절대자는 나무의 즙과 같다. 그 즙은 나무에서 보이지 않는 것이지만 뿌리, 잎, 줄기, 꽃 등 모든 것에 머물며 나무 전체를 관장한다. 우리 자신이 광대한 우주 전체를 바라볼 때 어찌 잘난 체 할 수 있을까? 또한 우리와 같이 존재하는 그것을 잃어버리고 어찌 구걸할 수 있겠는가?

지금 이 순간을 놓치지 말고 직시하라

이 삶의 사원에 오라, 그리고
그대의 신에게 봉사하라!
넋 나간 사람처럼 행동하지 말고
밤에는 철저히 단식하라!
님을 헤아릴 수 없는 시간 동안은
님을 기다리며
나를 사랑하기 위해
자신의 가슴을 잃어버린다.
그럼에도 나는 희열 속의 축복이
너무나 가까이 있음을
모르고 있다.

아! 내 사랑은 아직
깨어 있질 못하다.
그러나 지금

사랑하는 이의 음성은
내 고막을 울리는 음조로
나를 찾고 있다.

바로 지금 나의 멋진 행운은
나를 찾아 왔나니!

카비르는 말한다.
'잡아라! 이 얼마나 위대한
행운인가?
나는 내 사랑의
끝없는 애무를 받아들인다!'

고대로부터 많은 수행자들은 말하기를 지금 이 순간을 놓치지 말고 직시하라고 한다.
어찌 이 위대한 순간의 은총을 우리는 간과할 수 있겠는가? 카비르는 그것을 노래하
라고 한다.

avadhu begam des hamara

•아무 것도 없음은 진리를 구하는 근본•이다

오 수행자여!
나의 나라는
슬픔이 없는 나라이다.

나는 왕과 거지, 통치자, 마술사, 수행자
모두에게
소리 높여 부르짖는다.

누구든지
가장 높은 은신처를
찾는 자들은 모두 와서
나의 땅에 안식하라!
수고하고
무거운 짐 진 자들은 와서
그의 앞에 짐을
놓아 버리라!
그리하여 여기에서 거하라.

나의 형제여!

저쪽 기슭으로
넘어가는 길은 쉬우나
그곳은 땅도 하늘도 없으며
별과 달도 없을 것이다.

오직 나의 주,
드루바 안에
진리의 광채만이 빛나리라.

카비르는 말한다.
'오 사랑하는 형제여!
아무것도 없음은
진리를 구하는 근본이다.'

카비르는 아무것도 없는 것의 진리인 무의 근본 진리를 구한다. 피안의 세계에 대한
우리의 갈망은 끝이 없다. 한계 없이 텅 비고 한계 없이 꽉 찬 진공이 세상을 관할한
다. 그 진공의 은총으로 모든 사물은 지탱된다. 현대 물리학에서는 모든 입자와 파동
이 근원적인 진공으로부터 시작된다고 한다. 현대 물리학자는 철학과 과학의 한계를
넘어서 만나려고 하는 것이다.

gagan ghata ghaharani sadho

시간은 다시 오지 않는다

하늘엔 구름이 꽉 차 있나니!
들어 보라,
님의 으르렁거리는
낮은 음성을.

동쪽으로부터 내리는 비는
한결같이
쏟아 붇는 소리를 내고 있으니
그대의 들판 주변과
울타리를 지켜라.
내리는 비가 넘쳐
들이치기 전에.

복구할 흙과
사랑의 덩굴을 준비하라.
자유는 이 비에 스며드나니.

사려 깊은 농부는
곳간으로 가

그릇 두 개에 곡식을 담아

한 그릇은 현자에게,

한 그릇은 성자에게 주었다.

우리의 몸이 세상에서 의무를 다하고 갈 때까지 우리는 최선을 다하여 살아야 한다.
시간은 다시 오지 않고 이 삶은 결실을 이루어야 한다. 어찌 조금의 시간이라도 헛되
게 쓸 수가 있겠는가?

영원한 아름다움을 바라보라

tohi mori lagan lagaye re phatir wa

님은 당신의 가슴과 내 가슴을 하나 되게 한다

오 파키르여!
내 사랑이 님에게로 향할 때
님은 자신에게로
내 사랑을 끌어들이셨다.
님은 내 사랑에 푹 빠져
있나니.

오 파키르여!
내가 방에서 잠자고 있을 때
님은 따뜻한 목소리로
나를 흔들어 깨우신다.

오 파키르여!
내가 이 세상의 바다에
깊이 빠져 버렸을 때
님은 자신의 팔로 감싸안아
나를 구하셨다.

카비르는 말한다.

'오 파키르여!
님은 당신의 가슴과 내 가슴을
하나 되게 하였노라!'

카비르의 님은 절대자이며, 모든 것이며, 부모이며, 친구이며, 애인이며, 남자이며, 여자이며, 초월적이며, 상대적으로 표현된다. 님의 한계 없음을 한계로 대변하는 사랑의 모습으로 언제나 바로 가까이 존재한다.

님 만나기를 부끄러워하지 않으리

나는 친구들과 밤낮으로
놀이를 했다.
그리고 나는 지금
거대한 설레임을 가진다.

아주 높은 곳에
님의 궁전이 있고
내 가슴은 전율하며
궁전의 계단을 오른다.

님의 사랑을 즐길 수 있다면
부끄러워하지 않으리.
사랑하는 님에게
내 가슴을 열어젖히고
내 거짓 장막을 모두 거두어
온 전신으로 님을 만나리라.
내 눈은 사랑의 등불로
의식을 거행한다.

카비르는 말한다.
'벗이여! 나의 얘기를 들어라.
그대는 누구를 사랑하는지
알고 있다.

그대가 님을 향해
사랑을 갈망하지 않는다면
그대 몸의 장식 또한
공허할 뿐.

마치 눈꺼풀에
약을 바르는 것처럼.'

진리의 빛이 바로 그대이기에 그대에게로의 한계 없는 사랑으로 다가갈 수 있는 것
이다.

사랑의 빛을 본 자는 구원 받느니라

오 창조자여, 오 님이시여!
누가 당신을 섬기겠나이까?
성직자들은
나날이 창조의 신에게
경배하고 봉사하지만
그 누구도
신을 발견하지 못합니다.
완전한 자이고 창조자이며
분리되지 않은 님을.

그들은 열 명의
화신을 믿습니다.
그러나 어떤 화신도
행위의 결과로 인한 괴로움으로
영원히 영적일 수 없습니다.

지고의 님께서는 분명
보다 높은 그 무엇이 있습니다!
요기나 산야시, 고행자들은

이를 두고 다투었지요.

카비르는 말한다.
'오 형제여!
누구든 사랑의 빛을 본 자는
구원을 받았노라.'

인도의 힌두교의 신들은 엄청나게 다양하다. 힌두교에는 대표적으로 창조의 신 브라흐마, 유지의 신 비쉬누, 소멸의 신 시바가 있으며 이 중에서 유지의 신인 비쉬누는 열 명의 화신으로 계속 환생하여 가르침을 폈다고 한다. 열 명의 화신은 그것을 말하는 것이다. 카비르는 외부적인 신에 대하여 논하지 않았으며 절대 존재의 다른 표현이라고 하였다. 그는 수행자들에게 어떤 외부적인 신이 절대이며 최고라고 여기는 것을 피하라고 권고한다. 사랑의 빛이란 모든 종교와 종파와 수행법의 근원이다.

사랑의 형태는 님의 몸이다

모든 것은
옴에 의해 창조된다.
사랑의 형태는
님의 몸이다.
님은 형태를 떠나 있고
특성을 떠나 있으며
부서지는 것을 떠나 있다.

그 님과 결합하라!
형체는 없는 몸이지만
님은 창조물의
눈 속에서
수천의 형체를 지닌다.
님은 순수하여
부서지지 않는다.
님의 형체는 무한하고
그 깊이를
잴 수 없도다!

님은 넘치는 희열로
춤을 춘다.
모든 움직임은
님의 춤을 통하여
일어난다.

님이 자신의
거대한 기쁨으로
찾아와 주기 전까지
우리의 몸과 마음은
그것을 수용할 수 없다.

님은 모든 기쁨과
모든 슬픔 그리고
모든 의식 안에
들어 있다.

님은 시작도 없고
끝도 없는

무한한 존재이다.

님은 모든 희열을

움켜잡고 있다.

카비르는 사랑의 개요에 대해서 노래한다. 절대적인 사랑, 님, 창조 음인 옴은 그것의
근원이지만 모든 것 안에 녹아서 발견된다고 묘사한다.

naco re mero man matta hoy

한없는 창조의 기쁨을 담고 춤추어라

내 가슴이여! 춤을 추어라.
오늘은 기쁨으로
춤을 추어라.
사랑의 충만함이
온종일 음악으로 흘러 넘쳐
세계는 그 음악을 듣는다.

미칠 듯한 기쁨과 삶과 죽음은
이 음악의 리듬에 맞춰 춤춘다.

언덕과 넓은 바다와 땅도
춤춘다.
인간 세상은
웃음과 눈물 속에서도
춤을 춘다.

왜 승려들은 승복을 입을까?
왜 홀로 떨어져서
세상을 오만한 마음으로

바라보는 것일까?

보라! 내 가슴이
한없는 창조의 기쁨을 담고
춤추는 것을.
창조자도 함께 기뻐하시리라.

카비르는 그의 스승으로부터 박티 사상 즉 신에 대한 헌신적인 가르침을 전수 받았
다. 그는 내면에서 일어나는 무한한 에너지를 주체하지 못할 정도로 희열과 법열에
차 있다. 엄청난 에너지의 축복, 시바신은 나타라즈라고 하여 쉬지 않고 무한한 창조
의 춤을 추고 있다. 그것은 모든 상대 세계의 기쁨이기도 하다. 그러한 창조의 과정을
몇몇 현대 물리학자들은 입자와 파동의 춤이라고 일컫기도 한다.

사랑이 온통 나를 만취시킬 때

사랑이 온통 나를
만취시킬 때
그 뜻을 전할 수 있는 말이
어디 있으랴?
나는 가려진
다이아몬드의 장막을
왜 자꾸 열어젖힐까?

저울에 단 무게가
가벼워지면
저울 추는 내려앉는다.
모든 것이
가득 차 있는 지금
어떤 추로
그 무게를 달겠는가!

백조는 산 너머 호수로
벌써 날아가 버렸는데
개울가나 웅덩이에서

백조를 찾을 수 있을까?

님은 그대 안에 거하는데
왜 바깥에서
찾으려 하는 가?

카비르는 말한다.
'들어라, 형제들이여!
님은 내 눈을
황홀케 하여
그 자신과 합일되게 한다.'

사랑이 온통 나를 만취시킨다고 하는 것은 위대한 명상 방법이며 과정이다. 모든
상대의 과정을 통하여 합일되는 과정을 인도와 티베트에서는 탄트라라고 한다. 또
한 그것을 밀교라고 번역하기도 하였으나 탄트라는 에너지의 확장 이상의 종합적
인 학문이며, 체계이며 높은 명상법이다. 어떤 이는 성과 관련이 있는 것이라고도
하지만 그것은 정확한 것이 아니다. 다만 인도와 서구의 성에 관한 잡지에서 탄트
라의 부분적인 모습을 표현할 것일 뿐이다. 탄트라는 모든 종합적인 과정의 결정
체이다. 또한 아주 체계적인 과정의 철학과 직관적인 훈련에 의해 진행되는 모든
감각과 이지와 에고와 초월적인 자아가 하나가 되는 희열의 수행법이다. 어떤 수

행법이나 마찬가지이지만 카비르는 이미 이러한 모든 수행법에 통달하여 노래하고
있다.

valam awo hamare geh re

사랑의 의무를 다하라

내 몸과 마음은
님을 받아들이기를 갈망한다.

오 나의 사랑이여!
내 집에 오라.
사람들이 나를
님의 신부라고 말할 때
나는 부끄러움에 가득 찬다.
님의 가슴은
내 가슴에 와 닿지 않는다.
어떻게 해야
님의 사랑을
받을 수 있을까?

나는 음식 맛을 잃었다.
잠들 수도 없으며
내 가슴 안과 밖의 문은
언제나 분주하다.
누가 이런 속마음을

내 사랑하는 이에게
전해 줄까?

카비르는 쉴 틈이 없다.
그가 님을 향해 바라보는 눈에
세속의 욕망은 빛을 잃었나니.

우리의 삶은 절대를 향해 전진하는 하나의 길이다. 바다에 도달될 때까지 쉼 없이 달려가야 하는 것이 우리의 의무이며 행위 즉 카르마이다. 그가 그 자신의 사상의 의무를 다할 때 신도 기뻐하고 그 자신도 삶의 완성을 이루게 된다. 붓다는 반야심경의 마지막 구절에서 "가테 가테 파라가테 파라 삼가테 보디 스바하"라고 설하였다. 이것은 "가자, 가자, 넘어서 가자, 넘어섰구나, 지혜에 귀의한다."라는 뜻이며 중요한 진언이자 만트라이다. 우파니샤드에서도 확언하는 만트라로 "옴 산티 산티 산티"라고 하였다. 이 뜻은 마음의 평온함을 말한다.

sakhiyo ham hum bhai valamasi?

죽음 없는 이의 선물

사랑하는 벗이여,
언제나 나는
내 사랑하는 이를 만나려고
한없이 노력한다.

젊은 날의 꽃은 피고
내 가슴이
님으로부터
분리된다는 것은
괴로운 일이다.

나는 목적 없이
지식의 오솔길을 방황한다.

그러나 나는 이 길을 통해
님의 새로운 소식을 접한다.

나는 사랑스런 님에게서
편지를 받는다.

이 편지는
말없이 전달되고
내 죽음의 공포는
사라지리라!

카비르는 말한다.
'오, 사랑하는 벗이여!
나는 죽음 없는 이의
선물을 받았노라.'

분리는 죽음이며 성인들은 불멸의 소식을 전한다. 어느 봄 날, 어느 시간에 불멸의 손님은 갑자기 찾아든다. 자기의 의지와 관계없이. 초월 의식은 자신의 고요의 바다에 찬란히 떠오르는 태양과 같이 그렇게 온다.

sain bin dard kareje hoy

님의 부재

사랑하는 님으로부터
멀리 떨어져 있을 때
내 가슴은 절망으로
가득하고
온종일 평안치 못하며
잠을 청할 수도 없다.

그 누구에게
이 슬픔을 하소연하리.
밤은 어둡고
시간은 정처 없이 흘러간다.
님은 안 계시고
나의 불안은 시작되었다.

카비르는 말한다.
'들어라, 벗이여!
사랑하는 이와의
우연한 만남 외에는
어디에도 평안은 없도다.'

아이들이 어머니가 집에 없으면 방황하듯이 님이 없음은 언제나 갈망의 연속이 된다. 히말라야 산꼭대기에서부터 흐르는 물은 그 목적지인 바다를 갈망하여 멈춤 없이 흐른다. 우리의 마음도 내면의 한계 없는 의식에 도달될 때까지 휴식이 없다. 잠을 자거나, 꿈을 꾸거나, 깨어 있거나 만두캬 우파니샤드에서 말하였듯이 초월 의식인 투리야에 도달할 때까지 멈춤이 없다.

이름과 형상의 종교를 넘어서 있는 님

신이 성전 안에 있다면
이 세상에 속해 있는 것은
누구이겠는가?
그대가 람의 형상을
마음에 새기고
순례의 길에서 그를 찾는다면
당신에게 일어난 일을
누가 알겠느뇨?

하리는 동쪽에 있고,
알라는 서쪽에 있나니.
람과 카림,
양쪽을 다 발견하려면
그대 가슴 속 내면을 보라.

세상의 모든 남녀는
님의 삶의 모습
그대로이다.

카비르는

람과 알라의 자손이며

그들은 나의 구루이며

피르이다.

카비르는 상반된 종교의 집안에서 태어나고 자라났다는 전설이 있다. 종교적인 편견
은 아직까지도 인도뿐만 아니라 세계 곳곳에서 문제를 일으키고 있으며, 우리나라에
도 종교적인 갈등이 일어나고 있다. 특히 기독교와 불교와 유교와 민족종교와의 갈등
은 다른 나라의 일이 아니다. 사상도 마찬가지 입장일 것이다.

sil santosh sada samadrishti

하나이며 분리되지 않는 그는 사랑이다

모든 일을 동등하게 보는 자는
온유하고 자족하는 자이니,
그의 마음은
안식의 평온함으로
가득 차 있다.

님을 보고,
님의 손길을 느끼는 자는
모든 두려움과 고통으로부터
자유롭게 되리라.
신에 대한
그의 영원한 믿음은
온몸에 백단향 가루를 바른 듯
언제나 향기롭나니.
세상 그 무엇도 그에게
더한 즐거움을 주지는 못하리!

그의 일과 그의 휴식은
음악으로 가득 차 있으며

그는 사랑의 빛을
사방에 내뿜는다.

카비르는 말한다.
'님의 발을 만지라.
그 분은 하나이시며
분리될 수 없으며
침묵이시며
평화로우시니.
모든 그릇은 이미 기쁨으로
가득 채워졌도다.
그의 형상은
오직 사랑이시라.'

바가바드 기타에서는 모든 사물의 근원을 직시하고 모든 상대 세계의 근원을 자각하
라고 하였다.

도달할 수 없는 곳

그대여, 선한 모임으로 가라.
거기엔 사랑하는 님의
거처가 있나니.

그곳으로부터 오는
모든 신비와 사랑
그리고 가르침을 받아라.

그 모임이 타 올라 재가 된다면
님의 이름은
더 이상 언급되지 않으리라!
말해보라,
신랑이 없는데
어찌 결혼식이라고
말할 수 있으리!

흔들리지 말고
오직 사랑하는 이를 생각하라.
다른 신들을 숭배하는데

마음을 두지 말라.
다른 스승들을 숭배하는 것은
가치가 없나니.

카비르는 신중히 말한다.
'그리하면 그대는 결코
사랑하는 이를
발견하지 못하리라!'

카비르는 관념적인 스승이나 신들의 숭배를 넘어서 실천적인 수행을 하라고 한다. 우리는 살아오면서 그러한 여러 과정들을 겪기도 한다. 자신의 바른 길이 정해지면 스승과 가르침은 이미 거기에 있다. 베단타 철학에서는 정확한 방향과 비전을 가졌을 때 스승은 이미 거기에 있다고 한다.

가슴 속 가장 끝부분

진흙 속에 빠진 보석을
찾기 위해
어떤 이는 동쪽으로
어떤 이는 서쪽으로
또 어떤 이는 물 속을
또 어떤 이는 깊숙한 바위 사이를
헤맨다.

그러나 하인 카비르는
보석의 진정한 가치를
알고 있나니
그것은 가슴의
가장 깊은 곳에
고이고이 싸여져 있도다!

신이 축복의 샘을 솟아오르게 하는 곳은 그 어떠한 곳도 아닌 바로 가슴이다. 그곳은
신이 머무는 곳이기도 하다.

ayau din gaune ka ho

가슴의 기쁨

가마꾼들이 나를
내 남편의 집으로 데리고 가려고
집에 왔을 때
내 가슴은 기쁨에
전율하였다.

그러나 그들은
아무도 없는 깊은 숲 속에
나를 내려놓았다.

오 가마꾼이여!
나는 당신 발 아래 엎드려
간절히 간절히 원합니다!
시간은 흐르는데
나를 빨리 내 친지들에게
돌려보내 주오.

하인 카비르는 노래한다.
오, 수행자여!

당신은 팔고 사는 것을
멈추어라.
당신의 좋은 것과 나쁜 것을
멈추어라.

그대가 가는 거기에는
시장도 없고 상점도 없다.

카비르는 상징으로 덮여 있는 상대적인 관점으로부터 전환하여 절대적인 시야를 가
지라고 하는 것이다.

koi prem ki peng jhulao re

그대 가슴 안에 열망하는 사랑의 아름다움을 지녀라

나는 오늘도
사랑의 그네를 흔든다.
사랑하는 이의 품 안에서
몸과 마음은
희열에 벅차 오르나니.
사랑의 기쁨으로
황홀함은 맴돌아 친다.

비구름의 눈물은 흘러
그대의 눈에 스며들고
어둠의 그림자는
그대의 가슴을 덮었나니.

언제나 그대 가장 가까이 있는
님의 귓가에
가슴 속 깊이 열망하는 것을
속삭여라.

카비르는 말한다.

'들어라, 내 형제여!
그대 가슴 속에
열망하는
사랑의 아름다움을 지녀라.'

카비르는 수많은 과정들이 님의 초월적인 사랑으로의 열망 안에서 모두 사라진다고
말한다. 모든 길의 여러 상황들이 내면의 진지한 열망에 의해 더욱 활기 있게 되고 그
러한 상황을 넘어갈 수 있게 된다.

영원한 아름다움을 바라보라

꽃들이 만발한 꽃밭에
가지 마오.
오, 벗이여!
그곳에 가지 마오.

그대 몸 속 깊숙한 곳이
바로 꽃밭이리니.

천 개의 연꽃 잎 위에
고이 앉아
영원한 아름다움을
바라보오.

그는 상징적으로 우주에너지의 흐름과 저장소인 쿤달리니와 차크라를 영원의 꽃으로
표현하였다. 눈에 보이지 않는 몸의 중심부위 에너지와 그것의 가장 높은 상태인 머
리 부위의 중심인 사하스라라 차크라의 천 개의 연꽃은 무한한 의식을 상징하는 것이
다. 그것은 외부의 장소를 말하는 것이 아닌 내면의 가장 깊숙한 의식을 말하는 것이
며 가장 높은 의식을 표현하는 것이다.

스승은 진실이며 모든 빛이다

위대한 주 드루바를 보라

하늘 한가운데
영성이 존재하고
빛의 음악이 쏟아진다.
거기에는 순수하고
하얀 음악이 만개한다.

내 님은 그의 기쁨을
누리신다.
님의 머리칼은 올올히
놀랍도록 우아하여
해와 달과 뭇 별들은
자신의 광채를 잃어버린다.

그 도시에는 감로의 비가
끊임없이 내리나니.

카비르는 말한다.
'오라! 오, 다르마다스여!
나의 위대한 주

드루바를 보라,

주 드루바를 보라,

주 드루바를 보라!'

인도에서 가장 잘 알려진 경전인 바가바드 기타에는 비쉬누 신의 화신이며, 위대한
스승이자 동시에 왕인 크리쉬나가 그의 친척이며 장수인 아르주나에게 그의 가르침
과 함께 그의 초월적인 면모를 보여주는 것이 기록되어 있다. 카비르는 초월적인 희
열을 아름답게 표현하였다.

영혼의 스승은 늘 그대 곁에 있다

오! 위대한 영혼의 스승은
늘 그대 곁에 있다.

깨어나라, 깨어나라!

그대의 넘치는 사랑으로
그대를 님의 발 아래로
달려가게 하라.

그대의 스승은
가까이 서서
그대의 머리를
어루만져 주리라.

그대는 수많은 시간 동안
깊은 잠에 빠져 있었다.
오늘 아침
당장 일어날 수는 없는가?

스승, 님, 신, 그대는 아주 가까이 있다. 그대 자신과 같이 있다. 인도에서 스승인 구루는 '어둠을 사라지게 하고 빛을 밝히는 이' 라는 뜻이다. 그대의 잠든 것 같은 희미한 의식을 밝히고 깨어나게 하여 항상 존재하게 하라는 것이다.

스승이 함께 하는 자는 진정 두려움을 모른다

오, 형제여!
내 가슴은
진정한 사랑의 술로
가득 채워져 있나니
나는 그 술을 마시며
진정한 스승을
그리워한다.

그 잔을 님에게 바치고
그 잔이 다시 내게로
돌아왔을 때

님은 내 눈을 가린
장막을 거두고
창조의 진정한 의미를
가져다 주리라.

님은 그 안에서
세계를 나타내어

울리지 않는 음악을
듣게 하나니.

님은 기쁨과 슬픔이
하나임을 보여 준다.

아! 님은 사랑의 속삭임으로
나를 가득 채워주노라.

카비르는 말한다.
'스승이 함께 하는 자는
진정 두려움을 모른다.'

요가의 경전에 '절대 지복 의식' 이라는 말이 있다. 그것은 단순한 기쁨을 넘어선 궁
극적인 행복을 말하는 것이다. 우리에게는 수많은 기쁨과 슬픔이 있다. 그러나 언제
나 미소 짓는 크리쉬나 붓다의 모습은 상대를 넘어선 또는 상대를 포용한 모습이
다. 거기에는 두려움과 공포가 없는 편안함이 있다.

스승의 가르침은 말없이 전달된다

진정한 스승은 한없는 자비로
알 수 없는 것을 알게 하나니!

나는 님으로 부터
발 없이 걷는 법을 배우며
눈 없이 보는 법을 배우며
귀 없이 듣는 법을 배우며
입 없이 마시는 법을 배우며
날개 없이 나는 법을 배운다.

나는 내 사랑과 명상으로
달도 없고 해도 없고
밤도 없고 낮도 없는
그런 곳으로 간다.
먹지 않고도
나는 감로의 달콤함을 맛본다.
마시지 않고도
나는 목마름을 해소한다.

그곳은 즐거움이
흘러넘치고
기쁨으로 가득 차 있다.
그 누구에게 이 희열을
속삭일 수 있으리!

카비르는 말한다.
'스승은 언어로부터
크게 벗어나 있다.
이것이야말로
제자가 누릴 수 있는
멋진 행운이다.'

카비르의 스승 라마난다는 카비르에게 초월의 세계를 가르쳐주었다. 인도에서는 신
과 스승인 구루의 차이가 별로 없다. 그들은 신의 이름 앞에 구루를 넣어서 예배한다.
'구루 브라흐마, 구루 비쉬누, 구루 데보 마헤쉬 바람' 이 뜻은 창조의 신인 스승, 유
지의 신인 스승, 위대한 소멸의 신인 스승을 말함이다. 그들은 베단타의 직관적인 가
르침이나 선의 비밀의 가르침인 공안을 말없이 전달한다.

스승은 한계 없는 무한의 길을 열어준다

코라크는
카비르에게 물었다.
'말하라, 오, 카비르여!
네 천직의 일이
언제 시작되었는가?
어디에서
님의 사랑스러움은
싹트는가?'

카비르는 대답한다.
'님의 연극은
형체가 나타나 있을 때
시작되지 않았다.
거기에는
스승도 없고
제자도 없나니.
세상은 펼쳐지지 않았고
절대 지고의 존재만이
홀로 있었다.

나는 고행을 했고, 오, 코라크여!
내 사랑은 창조자에게
바쳐졌다.
창조자는 그의 머리에
왕관을 쓰지 않았고
비쉬누는 왕에
취임하지 않았다.
강력한 힘의 시바는 아직
태어나지도 않았다.
그 때 나는
요가를 가르쳤다.

그 때 라마난다는
갑자기 베나레스에 나타나
내게 빛의 광명을 주었다.
나는 무한함을
갈망했으며
그것은 님을 만나게 되는
하나의 계기가 되었다.

단순성은
내 순수함과 만나
하나가 되었으며
내 사랑은
격동의 흐름 속으로
동화되어 갔다.

오 코라크여!
님의 음악에 맞추어라!'

카비르는 그의 스승의 영광에 대해서 노래하였다. 스승은 생과 생을 이어 영원의 시
간을 두고서 연결되어 있다. 이 한계 된 고통의 바다에서 스승은 한계 없는 무한의 길
을 열어준다. 근대의 유명한 성자 라마크리쉬나는 그의 제자 비베카난다가 자신을 찾
아왔을 때 이미 올 줄을 알았노라고 말했다고 한다. 그와의 연결이 생과 생을 두고 연
결된 것임을 알고, 라마크리쉬나는 무한으로 가는 열쇠를 제자에게 주었다. 세계는
무한한 신성의 표현이라고 성자들은 말한다. 카비르는 그 무한의 연결된 존재의 흐름
을 노래하는 것이다.

are dil premnagar ka ant na paya

사랑이란 무지의 비밀을 끝어버리는 것이다

오, 나의 가슴이여!
당신은 이 도시에 있는
사랑의 모든 비밀을
알지 못한다.

당신은 무지로부터 왔기에
무지로 돌아가리라.

오! 나의 벗이여,
어떻게 삶이 끝날 것인가?
당신은 머리 위에
무거운 바위를
이고 다닌다.

누가 당신이 바라는 빛을
줄 것인가?
벗은 다른 기슭에 서 있다.
그러나 당신은
어떻게 그와 만날지

결코 생각하지 않았다.

배는 부서져 있고
당신은 강둑에
앉아 있구나.
물결은 목적 없이
파도 치는데!

하인 카비르는 묻는다.
그 누가 당신의
마지막 벗이 되려는가?
당신은 홀로
동반자 없이 이어지는
당신의 행위를
괴로워한다.

카비르는 사랑의 비밀이란 이 무지의 고리를 끊어버리는 것이라고 노래한다.

스승은 진실이며 모든 빛이다

베다는 조건 지어진 세계를
초월하여
조건 없이 구축된 세계를
말한다.

오! 여인이여,
무엇이 그대에게
도움이 되는가?
님이 모든 것을 초월해 있거나
모든 것 안에 있다고
논쟁하는가?

그대의 모든 것이 머무는 곳은
그대 자신 속이라고
마음을 가져보라,
즐거움과 괴로움의
한가운데 서서.

오직 창조자는

밤과 낮에 나타나느니
빛은 님의 옷이요,
님이 앉는 자리라.

빛은 그대 머리 위에서
쉬고 있다.
카비르는 말한다.
'스승은 진실이며 모든 빛이다.'

카비르는 베다 경전의 진정한 뜻을 말하였다. 이중성을 벗어나 창조를 펼치는 초월적
인 빛을 말한다.

님의 존재를 말할 수 있는 언어는 없다

님은 육신의 그릇 안에 있나니

저녁 해가 지고
어둠의 그림자는 짙게 깔려
사랑의 어둠은
몸과 마음을 둘러싼다.
서쪽 창을 열면
아름다운 해는 사라져 있다.

가슴의 연꽃 잎은
달콤한 꿀을 마신다.
아! 바다같이
넓은 거대한 파도를
그대의 몸으로 받아들이라.

들어보라!
거대한 고통의 종소리는
커져 가는구나.

카비르는 말한다.
'오 형제여! 님은

이 육신의

그릇 안에 있나니

언제나 그와 함께

머물도록 하라.'

이 몸 안에 존재하는 불멸의 감로인 암리탐은 몸의 축복이며 신성의 표현이기도 하다.

가슴을 님에 대한 사랑으로 가득 채워라

이 세상의 한정된 삶을
살아가면서
내 가슴을 님의 사랑으로
가득 채우는 것보다
나은 것은 없나니.

연꽃은 물에서 살고
물에서 꽃을 피운다.
그럼에도 물은
잎에 닿을 수 없고
연꽃은 그 너머에
피어 있도다.

남편이 죽은 아내는
사랑의 정열로
불 속에 뛰어든다.
그녀는 괴로움으로
타오른다.
그러나 그것은 결코

명예로운 사랑이 아니다.

이 세계의 바다는
건너기 어렵고
물도 아주 깊도다.

카비르는 말한다.
'오 수행자여!
내 말을 들어 보라.
몇몇만이 그 세계의 끝에
다다를 것이다.'

카비르는 한계되고 제한된 이 세계에 살면서 그 너머의 세계로 도달하라고 한다. 그
세계는 넘기가 힘들지만 상대 세계를 풍요롭게 하는 세계라고 한다.

hari ne apna ap chipaya

몸과 마음을 님에게 바쳐라

님은 자신을 몰래 감추면서도
놀랍게 그 모습을 드러낸다.

님은 나를 단련시키며
내 한계를 떨쳐버린다.

슬픔의 언어와
기쁨의 언어는
모두 님으로부터
나온 것이지만
그 자신은
이러한 투쟁으로부터
벗어나 있도다.

나는 내 몸과 마음을
님에게 바치리라.
삶을 포기할지라도 결코
님을 잊어버릴 수는 없나니.

우리가 절대 또는 님에게 다가가기 위해서는 여러 길들이 있는데 첫 번째는 지혜로써 다가가는 것이며, 두 번째는 님의 이름을 생각하며 다가가는 것이며, 세 번째는 님만을 생각하며 다가가는 것이다. 헌신의 박티 요가 수행자는 오직 신만을 생각하며 신 이외에는 아무것도 생각하지 않는다. 그에게는 절대적인 헌신과 귀의만이 있다.

내 모든 것을 님의 발 아래 맡긴다

나는 사랑하는
님과 만나기를 그리며
심한 괴로움 때문에
밤낮으로 잠 못 이룬다.

내 아버지 집은 더 이상 내게
어떤 기쁨도 주지 못하나니.

하늘의 문은 활짝 열려 있고
사원은 드러난다.
나는 내 남편을 만나
몸과 마음을
그의 발 아래 맡기리라.

카비르는 신, 남편, 아내, 친구, 님, 자연 등을 상징하여 절대를 표현하고 있다. 그는
경직된 종교와 사원과 교리와 수행법은 자신을 만족시키지 못한다고 한다. 가장 직접
적이며 나를 모두 맡길 수 있는 어떤 것이 여기서는 남편이라고 하였지만 그것은 바
로 자신의 분신이리라.

aisa lo nahin taisa lo

님의 존재를 말할 수 있는 언어는 없다

내 어찌 비밀의 언어를
말로 할 수 있으리.
내 어찌
님이 이것은 좋아하고
저것은 좋아하지 않는다고
감히 말할 수 있으리.

님이 내 안에 있다고 한다면
우주 전체가
부끄러워할 것이고
님이 내 곁에 없다면 그것은
거짓말이 되리라.

님은 내면과 외면의 세계를
분리하지 않은 하나로
만드셨으니
의식과 무의식은
님의 발판이라.

님은 나타나지도 않고
숨지도 않는다.
님은 드러내 보이지도 않고
드러내 보이지 않지도 않으니.
님의 존재를
말할 수 있는 언어는 없다.

수많은 경전과 지혜의 서적은 어떤 때는 진지하게 어떤 때는 비밀스럽게 한계 없는 존재에 대해서 표현해 왔다. 그러나 우리는 이 신비의 너울을 계속하여 풀어내고 있는 중이다. 신의 존재가 카비르의 노래에 의해 춤을 춘다. 상대와 절대, 무한과 한계의 경계가 자유롭게 무너져 내린다. 표현할 수 없는 절대와 상대를 표현한 삼크야 철학이 그의 자그마한 악기 안에서 무한하게 표현되는 것이다.

님과 하나 되어

오, 수행자여!
단순한 합일이 으뜸이니
시간이 지나가고
내가 님과 만날 때
우리 사랑의 줄달음은
영원하리라.

나는 눈을 감을 수 없고
귀를 막을 수 없으며
내 몸을 억제할 수; 없다.

나는 눈을 떠서 보고 웃으며
님의 아름다움을
어디서나 발견한다.

나는 님의 이름을
중얼거리고
내가 무엇을 보든지
님은 나를 상기시키며

내가 무엇을 하든지
님은 나를
숭배하게 하나니.

일어나고 멈추는 것은
내게 하나이며
모든 상반되는 것들은
용해된다.

어디로 가든 내가
님의 주위를 맴도는 이유는
내 모든 성취는
님의 봉사로
인한 것이기 때문이다.

내가 누워 있을 때 나는
님의 발 아래
엎드리게 된다.
님은 분명 나를 사랑하는데

나는 가진 것이 없나니.

내 혀는
비 순수한 언어를 떠나
그 노래는 님의 영광을
밤낮으로 찬미하노라!

앉으나 서나
나는 님을
잊을 수 없으며
님을 그리는 음악의 리듬은
내 귀를 울린다.

카비르는 말한다.
'내 가슴은 고조되고
숨어있는 영혼은
나타난다.

나는 모든 고통과

기쁨을 초월하여

거대한 하나의 희열로

침잠한다.'

하나됨의 영광, 이것은 박티 수행에서 최고의 수행법이다. 현대의 인도의 유명한 여
자 박티 수행자였던 '아난다 마이 마'와 현재에도 가르침을 펴고 있는 '암리타난드
마'는 언제나 신과 하나가 되어 초월하는 기술을 가지고 있다. 님의 향기와 님의 모든
것은 그녀의 초월적인 수단이다.

내 가슴은 항상 님을 향한다

어떻게 그대와 나 사이의
사랑을
떼어놓을 수 있을까?

연꽃 잎 위에
물방울이 있다.
그대가 내 님이며 나는
그대의 하인인 것처럼.

나이팅게일 차코르는
달이 뜬 밤
주위의 어둠을
바라다본다.

그대는 내 상전이며
나는 그대의
하인인 것처럼.

이 세상을 다할 때까지

그대와 나의 사랑이
지속되는 것처럼.

어찌 이토록
깊디깊은 사랑이
다할 수 있으리!

카비르는 말한다.
'강이 바다로 흘러들 듯
내 가슴은 님을 향한다.'

인도의 가장 핵심 철학과 명상의 근원인 베다와 우파니샤드에서는 이것과 그것, 한계
와 무한, 인간과 신을 하나로 묶는 사랑의 수행법들을 여러 형태로 표현한다. 현재 그
것은 곡해되어 전달되었지만 요가는 카비르가 그의 스승으로부터 비전되어 받는 사
랑의 연결 방법이다.

초월의 비밀

그대는 사랑의 눈을 열어
이 세계에 펼쳐진
님을 보라.

그대 자신의 세상을
세심히 보고 알라.
그대 자신이
진정한 스승을 만날 때
님은 그대의 가슴 속에서도
깨어 있겠지.

님은 그대에게 사랑과
초월의 비밀을
말하려 하나니
참으로 그대는 이 세상
우주를 넘어선 님을
알게 되리라.

그 세계는 진리의 도시이니

그 신비의 미로는
나를 매혹한다.
우리는 길을 거치지 않고도
목표에 도달하고
이것은 영원히
끝나지 않는 유희리라.

님을 위한 춤으로
수많은 기쁨의 탄성을 울리는
영원한 희열의 축복 속의
유희가 있나니.

이것을 알 때
우리는 모든 것을 받고 또한
그것을 넘어서리라.
그리하여 우리를 비난할 것은
아무것도 없도다.

님은 무한한

궁극의 안식처이며
그 사랑의 형체를
온 누리로 펼친다.

진리의 빛으로부터
새로운 형체의 흐름은
영원히 솟아 나오고
님은 온갖 형상에
채워져 있나니.

모든 정원과 작은 숲과
나무 그늘은
꽃으로 가득하고
무한히 피어나는 대기는
환희의 물결로
터져 나온다.

백조들은 너무나 아름답게
노닐고

울리지 않는 음악은
무한의 한 덩어리로
소용돌이친다.

아무도 없는 왕좌 가운데
빛나고 위대한 존재가
앉아 있나니.
님의 머리칼 한 올 한 올이
반짝일 때마다
수백만의 태양은
부끄러워하리.

진리의 음을 울리는
악기 소리는
내 가슴을 뚫고 들어오고
거기에 영원토록
물을 뿜어내는 분수대는
죽음과 탄생의
끝없는 생명의 흐름을

넘치게 하나니.

님 안에서의 창조는
모든 철학을 넘어 지속되며
철학은 님에게로
도달될 수 없다.

그곳은 끝없는 세계이기에
오 형제여, 이름 없는 존재여!
아무것도
말로 할 수 있는 것은
없나니!

오직 그 영역에 닿을 수 있는 이가
그것을 알 뿐.

다른 이는 듣는 것으로
말한다.
님은 형체도 없고

몸도 없고
길이도 없으며
폭도 없이 이른다.
어찌 이를
말로 할 수 있으리.

님은 은총이기에
무한의 귀로로 탄생과
죽음을 넘어
우리들에게 돌아온다.

카비르는 말한다.
'그것은 입을 통해
언어로도
말할 수 없고
종이에 쓸 수도 없다.
벙어리가 단맛을 느낀들
어찌 그것을
설명할 수 있으리.'

카비르의 초월적인 님에 대한 표현을 정리해 본다면 '초월적, 사랑, 무한, 표현할 수 없는, 이름 없는, 형체 없는, 은총, 수백만의 태양, 울리지 않는 음악' 등이 있다.

카비르의 사랑의 노래

사랑의 노래 1

samajh dekh man meet piyarva
ashiq ho kar sona kya re?

오, 사랑하는 이의 마음을
이해하라!
잠들어 버린 후에 그대는
어떻게 님을
사랑할 수 있겠는가?

모든 것을 받은 다음 그것을
다시 나누지 않는다면
그대는 가진 것을 전부
잃게 되리라.
그대는 무엇이든
줄 수 있나니.

소금에 짠맛이 없다면
무슨 소용이 있으리.

깊은 잠이 몰려와
두 눈이 무거워지면
베개와 침대는

무엇이라도 좋다.

카비르는 말한다.

'사랑의 길에서

왜 스스로의 마음을

잃어버리는가?'

카비르는 무지에 잠들면 모든 것은 사라져 버린다고 한다. 그래서 깨어서 지혜의 눈을 가지라고 말하는 것이다.

사랑의 노래 2

balam avo humre geh re
tum bin dukhiya deh re

오, 나의 사랑이여!
내 집으로 오소서.
나는 고통 속에 있나니.

사람들이 내가
님의 신부라고 할 때
나는 너무나
의심스러웠다. 내 마음은
당신의 사랑이
무엇인지
알지 못하였노라.

나는 지금 먹을 수도
잠을 잘 수도 없나니
나는 내 집에서도
평안할 수 없으며
오직 나의 님을 열망한다.

누군가 나에게 호의를 베풀어

내 이야기를 님에게
전해 주오.

카비르는 지금 비탄에
잠겼나니
사랑하는 님을 보지 못하여
죽어가노라.

님에 대한 사랑은 어떠한 갈망보다도 크며 그것이 없이는 모든 것이 안정되지 않는다
는 것이다.

사랑의 노래 3

satee bin darad karejae hoye
din nahin chain raat nahin nindia

사랑하는 님이 없음으로
내 가슴은 온종일
고통스럽고
밤에도 잠을 이룰 수 없다.

누구에게 나의 텅 빈 맹세를
말할 수 있으리!

한밤중 신성한 시간에
나는 열망하는
가슴으로 잠든다.

카비르는 말한다.
'나의 벗이여,
님을 만나면 나는
기쁨에 충만하리라.'

절대적인 님의 부재는 끊임없는 갈망으로 존재한다.

사랑의 노래 4

supne mein sayeen mile
sovat liya lagaye

꿈속에서 나의 님은
내게로 다가와
잠들어 있는 나를
쓰다듬었다.
놀란 나는
꿈이 끝나버리지 않도록
두 눈을
뜨지 않은 채로 있었다.

현명한 이는 나의 님이어라.
나의 가슴에 그렇게 새겼다.

놀라움으로 나는
님의 손길이
씻겨질까 하여
아무것도
마시지 않았다.

눈을 감으면 나는

님에게로 빠져든다.

나는 누구도
보지 않을 것이며
누구도 나를 볼 수
없을 것이다.

님은 꿈을 꾸거나 잠이 들거나 깨어 있거나 언제나 존재하는 의식으로 존재한다. 그
러한 의식을 우리는 열망하며 수행하고 전진하는 것이다.

사랑의 노래 5

aayee na sakun tujhpe
sakun na tujhe bulai

어떻게 님을
오게 할 수 있을까!
님과 떨어져 있는
내 마음은
외로움으로 가득하니
내 몸은 타 들어가
재가 되리라.

그 연기가
하늘로 올라가면
람은 마음의 은총을 내리고
님의 영광은
불꽃이 되리니.

내 몸을 태워서
만든 먹으로
람의 이름을 쓸 것이다.
그리고 그 전갈을
님에게로

보낼 것이다.

내 삶은 심지가 되고
내 피는 연료가 되나니,

내 몸은 등불이 되어
타오르리라.

내가 님의 얼굴을 보고
외로움이 사라지면
님은 나를 볼 것이다.

카비르의 님에 대한 초월적이고 헌신적인 사랑은 그러한 과정이 바로 결과를 만들어
낸다. 카비르는 헌신적인 사랑의 수행과 지혜의 수행을 하나로 만나게 한다. 위대한
수행자들에게 수많은 방법들은 그의 가슴과 머리에서 하나로 만나게 된다.

사랑의 노래 6
hey baliyan kab dekhungi tohi
ahnis atur darsni karni

언제 나의 님을
볼 수 있을까!
나는 열망에 타올라
님을 보리니.

어떤 좌절을 하지 않고도
나의 하루는 고통스럽고
나의 눈은 그리움으로
가득하다.

님이 없음으로
내 몸은 불 속에
뛰어든 것처럼 오직
고통만을 인식하나니.

오 님이여,
나의 기도를 들으소서!
더 이상 나를
버려두지 마소서!

당신만이 나의 열망을
거둘 수 있나니.

이제 마음은 새로운 합일을 위해
분주하나이다.
나에게 오소서, 그리고 나를 보소서.
카비르는 간절히 기도합니다!

절대적인 님에 대한 열망은 상대적인 세계에 존재하는 동안 계속된다.

사랑의 노래7
naina untari av tun
jyon hn nain jhapeun

오, 님이여!
한 번이라도 내게 오소서.
나는 눈을 감아 잡을 것이니.

나는 누구도 어떤 것도
보이지 않고
님도 나 말고 다른 것은
보지 못하리.

카비르는 말한다.
'님은 내 눈을 가지셨다.
어떻게 다른 이가 그것을
알 수 있으리?
내 마음은 믿음이 부족하고
사랑이 깊지 못하여
나는 그의 창조를
알지 못하였다.

내가 님을 만났을 때는

어떻게 해야 할까!'

절대적인 자아나 참 나는 내 안에서 분리되지 않고 존재한다. 모든 행위 안에 님의 본
질은 존재하는 것이다.

사랑의 노래 8

mein ka sa bu jhon
apne piya ki bat ri

나는 내 님이 궁금하다!
님이 없는 삶은 삶이 아니라고
나는 모든 것에게 말한다.

희망의 강물 속에
잘못된 욕망이 흘러
누구도 그 분별없는 흐름을
멈추게 할 수 없으며
열정과 분노는
전쟁을 치르고 있도다.

카비르의 참 나인 님의 사랑은 지극하다. 님이 없는 상대 세계인 프라크리티는 끊임
없는 그 안의 세 가지 요소인 구나들의 전쟁터이다.

사랑의 노래 9
ankhiyan to chhayee pari
panth nihari nihari

내 눈은
님이 오시는 길을 보다가
검은 점이 되었다.

내 혀는 님을 찬미하다
부풀어 올랐고
내 빈 그릇은
님과 분리된 고통으로
가득 차 있다.

오직 옅은 희열의 열망으로
밤낮을 인내하며
님을 기다리나니
내 두 눈에는 공허함 뿐이라.
모든 색은 바래고
비통함에 젖는다.

나는 누구도 들을 수 없는
괴로움의 노래를 부르나니

그것을 알아줄 이는

내 님뿐이리.

간절함과 절실함은 모든 지혜와 인생의 가르침을 구하는 중요한 요소이다.

사랑의 노래 10

anada mangal gawo more sajanee
bhayo prabhata beeta gayee rajanee

오, 사랑하는 이여!
밤이 지나는 동안 우리는
한 번 더
기쁨의 노래를 부르나니
안과 밖 어디에서나
아름다운 정원에는
향기로운 꽃이 피어 있다.

나는 언제나 확고하며
어둠을 두려워하지 않으리니
아름다운 정원에서
노래 부른다.

진리의 은총 어린 빗줄기는
모든 나무를 빛나게 하고
아! 오직 행운의 사람만이
천상의 과즙을 마시나니
그 맛을 아는 이는
노래를 부르리라.

눈은 황홀하며 입에서는
음악이 흘러나온다.

카비르는 말한다,
'무엇으로도
희열의 영광을 표현하기에는
충분치 않으리라!
나는 오직 기쁨에 노래를
부르리니!'

절대적인 희열 의식의 체험은 인간 삶의 축복이다.

사랑의 노래 11

panch tat ki bani chunariya
sorah so baid lag kiya

다섯 요소들로부터
만들어졌으며
1600개의 감각 기관에
흡수된 장막은
내 님의 집으로부터 왔다.

그것의 내 부모의 집에서
광채를 잃어
나는 그것을 닦고 또 닦았다.
그러나 얼룩은
지워지지 않았다.

사랑하는 님이여,
지혜의 비누를
내게 가져다주오!

카비르는 말한다.
'내 님이 나를 자신의 것으로
만들었을 때

그 얼룩들은 사라지리라.'

모든 상대적인 요소인 수많은 생각과 감각의 그물 망과 신경 계통을 관장하는 순수한
의식인 님의 지혜는 언제나 우리의 의식 안에서 존재하며 표현되는 것이다.

사랑의 노래 12

syahi rang churaye ke re
diyo majitha rang

짙은 얼룩을 지우고
님은 사랑의 색을 주었다.

그 얼룩은
희미하게 없어진 것이
아니라
날이 갈수록 빛을
발하게 되었다.

님은 사랑의 색으로
흘러넘쳐
슬픔과 더러움을
모두 헹구어냈다.

장막을 물들인 스승은
사랑과 위대함의 명인이니
나는 님에게
모든 것을 바친다.

카비르는 말한다.
'사랑을 물들이는 이는
시원한 장막으로
나를 가려 주었나니.
나의 존재는
은총으로 가득차노라.'

태양광선이 프리즘을 통과하면 아름다운 일곱 색으로 바뀐다. 님의 사랑은 눈에 보이
지는 않지만 언제나 존재한다.

찾아보기

가나파트야(Ganapatya) 가네샤 신을 믿는 이.

가네샤(Ganesha) 시바 신의 아들.

가슴 마음이나 내면의 깊은 곳을 말하며 카비르는 내면의 깊은 상태를 말함.

갠지스(Ganga) **강** 갠지스 강 또는 강가 강이라고 하며 히말라야로부터 내려오는 성스러운 강이라고 함.

고빈다(Givinda) 삼카라의 스승.

고빈다(Govinda) 삼카라의 스승.

공안(公案) 불교의 선(禪) 수행에서 수행하는 방법.

공자(孔子) 중국의 고대 사상가이며 유교(儒敎)의 창시자.

구루(Guru) 스승.

기타(Gita) 노래.

카비르(Kabir, 1440~1518) 인도 중세의 신비주의 시인이자 수행자이며 하층민으로 태어나 평생을 베 짜면서 노래를 하였다. 그러나 지금은 인도에서 다양한 종교나 수행자들이나 일반인들에게도 존경 받는 시인이자 사상가이다.

나라드(Narad) 인도의 헌신 수행자.

나르마다(Narmada) 인도의 강.

나타라즈(Nataraj) 시바 신이 추는 우주적인 춤이며 우주적인 표현을 말함.

나트판디트(Nathpantis) 남인도의 전통적인 지혜의 수행자.

노자(老子) 중국의 고대 사상가이며 도교의 창시자.

논어(論語) 공자의 가르침을 쓴 유교경전.

니르비칼파 사마디(Nirvikalpa Samadhi) 우주 의식.

다르마다스(Dharmadas) 인도 고대의 수행자.

다르사한(Darsahan) 인도의 여섯 수행 체계 및 철학 체계.

도덕경(道德經) 노자가 쓴 경전.

드루바(Druva) 북극성을 말하며 고대의 위대한 성자를 말함.

라마나 마하리쉬(Ramana Maharish, 1879~1950) 남인도의 근대의 수행자이며 그야나 요가 수행자이며 간화선 수행자와 비슷한 수행인 베단타 수행자임.

라마누자(Ramanuja) 인도의 14세기에 가장 위대하였던 헌신적인 사상인 박티를 퍼트린 사상가이며 수행자.

라마니(Ramani) 라마에 대한 카비르의 노래.

라마야나(Ramayana) 고대 인도의 경전이면서 라마 왕이 악마를 물리친다는 이야기.

라빈드라나트 타고르(Rabindranath Tagore, 1861~1941) 인도의 근대에 가장 알려진 시인, 예술가, 사상가이며 동양인으로는 최초로 노벨문학상을 받았으며 국제대학인 산티니케탄(Santiniketan)을 세웠다.

라이다스(Raidas) 박티 수행자인 라마난다의 제자이며 미라바이의 스승.

라자 요기(Raja Yogi) 명상 수행자.

람(Ram) 라마(Rama)라고도 하며 라마야나의 주인공으로 비쉬니 신의 7번째 화신을 말한다.

리그 베다(Rig Veda) 기원전 1500년 이전에 표현된 인도의 최초의 경전.

릭샤왈라(Rickshawala) 인도의 인력거꾼.

마나스(Manas) 마음.

마누(Manu) 마누 법전을 말하며 인도의 전통 사상의 배경이 되는 경전.

마야(Maya) 환영(幻影)을 말하며 원래 없는 것을 있는 것으로 착각하는 베단타 이론.

마투라(Mathura) 크리쉬나가 탄생한 곳으로 인도인들에게는 유명한 성지.

마하데바(Mahadeva) 위대한 신, 시바 신.

마하바라타(Mahabarata) 바가바드 기타의 원전이면서 고대 인도의 방대한 경전.

만두캬 우파니샤드(Manukya Upanishad) 주요 우파니샤드 중의 하나이며 최초로 인간의 의식을 표현한 경전.

물라(Mula) 이슬람 수피성자.

미라바이(Mirabai) 인도의 여자 헌신 수행자.

밀교(密敎) 비밀스럽게 전달하는 수행법이며 탄트라를 말함.

바가바드 기타(Bhagavad Gita) 인도에서 가장 알려진 대중적인 경전.

바루나(Varuna) 색깔을 통해서 계급을 나눈다는 것.

바이쉐시카(Vaishesika) 인도의 여섯 철학 체계 중의 하나.

바이쉬나이즘(Vaishnaism) 비쉬누 신을 따르는 이들의 사상.

박티(Bhakti) 헌신적인 수행.

반야심경(般若心經) 불교의 주요 경전.

베나레스(Benares) 인도에서 가장 성스러운 성지이며 지금의 바라나시(Varanasi).

베다(Veda) 인도에서 가장 중요한 경전.

베단타(Vedanta) 인도의 여섯 철학 체계 중의 하나.

부띠(Buddhi) 이지.

브라흐마(Brahma) 창조의 신.

브라만(Brahman) 절대.

브라흐마니즘(Brahmanism) 인도의 전통 사상을 계승하려는 운동.

비나(Vina) 인도의 주요 현악기 중의 하나.

비쉬누(Vishunu) 유지의 신.

비자크(Bijak) 카비르의 자체 시와 노래.

비차라(Vichara) 지켜보는 자각.

사라스와티(Saraswati) 브라마 신의 부인이며 학문을 관장하는 신.

사라스와티(Saraswati) **강** 히말라야에서 내려와 알라하바드(Allahavad)라는 도시에서 갠지스, 야무나 두 강과 만난다는 상징적인 영적인 강.

사마디(Samadhi) 삼매, 초월 의식.

사브다(Sabda) 말에 대한 카비르의 노래.

사비칼파 사마디(Savikalpa Samadhi) 초월 의식.

사이바(Saiva) 시바 신을 믿는 이.

사키(Saki) 말과 말 사이의 연결을 말하는 카비르의 노래.

사트 구루(Sat Guru) 절대적인 스승.

사트 치트 아난다(Sat Chit Ananda) 절대 지복 의식을 말함.

사하스라라(Sahasrara) 머리 꼭대기에 있는 천 개의 연꽃의 에너지 중심 부위.

사하자 사마디(Sahaja Samadhi) 통일 의식.

삭타(Shakta) 여신이나 성모를 믿는 이.

산야시(Sanyasi) 출가 수행자.

삼계(三界) 지상계, 정신계, 영적인 세계를 말함.

삼카라(Samkara) 인도에서 가장 위대한 사상가이며 수행자이며 불이일원론(不二一元論)의 사상을 퍼트리고 주요 경전인 바가바드 기타와 우파니샤드 등을 해석하였다.

삼크야(Samkya) 인도의 여섯 철학 체계 중의 하나이며 절대와 상대를 세밀하게 표현하였음.

색즉시공 공즉시색(色卽是空 空卽是色) 현상 세계가 텅 비어 있는 진공이며 진공이 현상 세계라는 반야심경의 핵심 가르침.

선시(禪詩) 참선을 수행하는 이가 쓴 시.

소마(Soma) 리그베다에 나오는 영적인 흐름.

소함(Soham) 나는 절대 실상이라는 만트라.

수카데바(Sukadeva) 인도의 최고의 수행자로서 바가바드 기타의 저자인 베다 브야사의 아들이며 출가 수행자의 표상.

수피(Sufi) 이슬람의 신비주의.

스바파차(Svapacha) 목수의 계급.

스와미 브라마난드 사라스와티(Swami Brahmanand Saraswati, 1870~1953) 인도 근대의 유명한 수행자.

시바(Siva) 파괴의 신, 위대한 신

시크(Sikh) 구루 나낙(Guru Nanak)이 15세기경에 창시한 종교이며 카비르를 존중하여 그들의 경전으로 여김.

십우도(十牛圖) 도가에 내려오는 팔우도(八牛圖)를 중국 확암선사가 십우도로 만듦.

아난드 마이 마(Anand Mai Ma, 1896~1982)

아드바이타 베단타(Advaita Vedanta) 둘이 아닌 하나라는 불이일원론(不二一元論)을 말하며 베단타 체계의 핵심 사상.

아르주나(Arjuna) 바가바드 기타의 장수이며 크리쉬나와 함께 대화하는 주인공.

아바두타(Avadhuta) 둘이 아닌 하나라는 최상의 경지에 오른 이.

아트만(Atman) 참 나.

아함카라(Ahamkara) 나라는 생각.

안수정등(岸樹井藤) 인도의 고대 경전에 내려오는 설화이며 붓다가 대열반경에 이것을 통해서 처절한 현상 세계에 대한 비유를 들었다.

알라(Allha) 이슬람교의 절대적인 신.

암리타난드 마이(Amritanand Mai, 1953~) 인도의 헌신적인 여자 박티 수행자.

암리탐(Aritam) 불멸의 감로.

옴(OM) 우주의 태초의 음이며 근원적인 만트라.

요가 수트라(Yoga Sutra) 파탄잘리가 정립한 요가에 대한 가장 중요한 경전.

우파니샤드(Upanishad) 베다와 함께 중요한 인도의 경전.

윌리엄 블레이크(William Black 1757~1827) 영국의 신비주의 시인.

이사 우파니샤드(Isa Upanishad) 주요 우파니샤드 중의 하나.

이슬람(Islam) 모슬렘이라고도 하며 마호메트(Muhammad 570~632)에 의해 창시된 종교.

인드라(Indra) 신들의 왕이며 제석천(帝釋天)으로 번역되며 비의 신이며 리그베다에서 주요 신 중의 하나.

자이나(Jaina) 불교의 붓다와 비슷한 시기에 나타났으며 마하비라(Mahavira)가 창시한 종교.

자티(Jati) 태생을 통하여 계급이 정해진다는 것.

장자(壯子) 중국의 철학자이며 노자의 사상을 이음.

존 밀턴(John Milton 1608~1674) 영국의 시인이며 실낙원과 복낙원을 쓴 시인.

줌나(Jumna) 강 야무나(Yamuna)강이며 발원지는 히말라야이면서 갠지스 강과 알라하바드(Allahavad)에서 만나 벵골 만의 바다로 흐르는 강.

증도가(證道歌) 선승의 시조 육조 혜능(慧能)의 제자인 영가(永嘉) 현각(玄覺)이 지은 시.

차코르(Chakor) 남인도의 새 이름.

카르마(Karma) 행위, 업보.

카림(Karim) 이슬람 성자의 이름.

카스트(Caste) 인도의 계급제도이며 브라흐만, 크샤트리아, 바이샤, 수드라로 나뉘어져 있음.

카지(Kazi) 이슬람 성지.

카타 우파니샤드(Katha Upanishad) 주요 우파니샤드 중의 하나.

케발라 니르비칼파 사마디(Kevala Nirvikalpa Samadhi) 신 의식.

코라크(Korak) 인도의 고대 수행자.

코란(Koran) 이슬람 경전.

쿰블라 멜라(Kumbla Mela) 인도의 도인 축제.

크리쉬나(Krishna) 비쉬누 신의 화신이며 마하바라타와 바가바드 기타, 스리마드 바가 바탐의 주인공이며 인도에서 가장 사랑받는 인격화된 신.

타트 트밤 아시(Tat Tvam Asi) 베단타의 가르침이며 그것은 "그것이 그대이다."라는 뜻임.

탄트라(Tantra) 개인 의식과 에너지를 우주 에너지와 의식으로 전환하는 방법 및 수 행법.

탄트라(Tantra) 우주의 절대적인 실상과 하나 된다는 수행.

투리야(Turiya) 잠자는 의식, 꿈꾸는 의식, 깨어 있는 의식을 넘어선 제4의 의식 상태를 말하는 초월 의식.

파키르(Fakir) 이슬람 수행자.

판디트(Pandit) 산스크리트 학자이면서 수행자.

푸라나(Purana) 인도의 고대 설화를 쓴 경전.

푸루남 이담 푸루남 마담(Purnam Idam Purunam Madam) 우파니샤드의 핵심 된 가 르침이며 상대 세계도 완전하며 절대 세계도 완전하다는 뜻.

푸루샤(Purusha) 절대적인 참 나.

프라크리티(Prakriti) 자연이며 나타난 상대 세계. 자연과 상대적인 모든 표현.

프라할드(Prahald) 인도의 성자.

피르(Pir) 이슬람 스승.

하리(Hari) 신성을 뜻하는 말.

하이쿠(Haiku) 일본의 짧은 단시(短時).

하타 요기(Hata Yogi) 몸으로 하는 수행자.

화두(話頭) 불교의 선 수행에서 수행하는 방법이며 삶의 가장 근본적인 질문을 말함.

힌두(Hindu) 인도의 종교.